下輩子，投胎到英國

来世は英国で

下輩子，投胎到英國

来世は英国で

下輩子，投胎到英國／来世は英国で◉目次

第一部

走，到英國／いざ！英国《イギリス》へ

倫敦

二〇二三年二月左右，英國牛津大學S學院的C老師與其夫人Z老師約我們在東京四谷車站附近的咖啡廳見面。

兩位老師希望外子橋本與我能赴英國牛津大學，參加他們學院主辦的會議。C老師所主持的這個會議，我們在二〇二一年疫情期間曾經在網路上參加過，這次是疫情之後第一次邀大家赴牛津開會順便遊覽英國。C老師還很不好意思地跟我們說：「只是所有費用全部要自己出，還得交會費。」外子橋本指指我說：「所有旅費與會費自己出是理所當然，我們現在比較擔心的是她的身體。」

那時候的我們，正在為每半年一次的MRI檢查結果感到愁雲慘霧——原本控制得不錯的乳癌腦轉移，又出現了零星的腫瘤。腦外科T醫師

ロンドン

二〇二三年の二月ごろだったと思うが、英国オックスフォード大学S学院のC先生と夫人Z先生のお招きで、私たちは東京は四谷駅近くの喫茶店に居た。

英国オックスフォード大学でお二人が主催する学会が開かれるので、夫の橋本と私に行って見ないか、というお誘いだった。私たちは、二〇二一年コロナウィルス流行期間中、C先生が司会をするこの学会にオンラインで参加したことが有った。今回は、コロナ収束後初めて学者たちにオックスフォードに集まってもらい、かたがた英国旅行もしてもらいたい、ということだった。C先生は、ばつが悪そうに「ただ、費用は全額自己負担で、参加費も払ってもらわなければならないんだけど」と付け加えた。夫は私を指さして、「旅費も会費も自腹というのは全く問題有りません。問題は、家内の体調です」と言った。

その頃、私たちは、半年に一度のMRI検査の結果に心を曇らせていた。それまで上手く抑えられていた乳癌の脳転移に、新たな腫瘍がいくつか見つかっていた。脳外科のT先生によれば、放置すれば数箇月しか持たない状況ということで、先生の指示に従って、直

說若不處理，大概只有幾個月的生命。我們依照醫師的指示，迅速地將比較大顆的腫瘤做了電腦刀手術。因此，我們不敢貿然答應兩位老師的邀約。接下來的治療是什麼樣的光景，我們也不清楚。

離開咖啡廳前，我私下拜託Z老師，若我這次沒辦法醫治了，請幫我勸勸外子再婚，找一個人照顧他。Z老師要我不要這麼悲觀，說她與C老師現在雖然看起來沒有什麼問題，但明天會發生什麼事情，誰也不知道：「好好治療，其他什麼事情都不要想。」Z老師鼓勵我。我承諾Z老師，醫師放棄前，我一定不會輕易放棄，也會好好過日子。但生命這種事情，不是自己努力就能延續下去的。

我們將T醫師的看法告訴了主治醫師X醫師。X醫師與我們商量後，決定將停了兩個月的恩賀茲（ENHERTU，臺灣翻譯做「優赫得」）恢復。六月時的MRI檢查，算是控制住了。X醫師說去英國完全沒有問題。

ちに大きめの腫瘍にサイバーナイフ治療を受けることになり、その治療が終わったばかりだった。だから、お二人の先生のお誘いに、直ぐに「行きます」と言うわけにはいかなかった。今後の治療がどのように進んでいくのか、私たちにも想像がつかなかったからだ。

喫茶店を出る前に、私はこっそりZ先生とだけ話をし、今回の治療で助からなかったら、面倒を見てくれる人を探して再婚するよう夫に言ってくれるよう頼んだ。Z先生は、そんなに悲観的になってはいけない、Z先生やC先生にした所で、今は何ともなくとも、明日には何が起こるか誰にも分かるものではない、だから「しっかり治療して、余計なことは考えないように」と励ましてくれた。私も、医者にもう駄目だと言われるまでは、簡単にあきらめたりせず、しっかり生きていきます、とZ先生に答えた。しかし、「生き死に」のことは、頑張れば何とかなるというものでもない。

私たちは、T先生のお話を主治医X先生にお伝えした。X先生は私たちと相談した後、二か月停止していたエンハーツ（ENHERTU、台湾では「優赫得」と呼ばれる）投与を再開することを決めた。六月のＭＲＩ検査では、病状が抑えられていることが確認され、X先生から、英国に行くのは全く問題ない、と言って頂いた。

こうして、私たちはようやく英国行きの準備を始めることとなった。

於是，我們開始著手我們的英國行。

臺灣人的我和日本人的外子橋本，沒有到過西方的國家，心中掙扎了許久。在我的生命中，從來沒有「到英國」這個選項。不要說去參加學術研討會，連去旅行的想法也沒有。但我希望做為學者的外子能去英國看看，擴展自己的視野，極力勸說他去。

「你要一起去我才要去喔。而且你覺得我們兩人沒問題嗎？」外子問。

「應該沒問題吧。」我說，心裏其實也忐忑不安。

「不過我們英文這麼差。」

「可以用翻譯神器啊。你如果擔心去了不知道該怎麼辦，我們拜託我妹妹幫我們規劃行程，你覺得怎麼樣？我妹去牛津參加過英國文學研討會好幾次耶。」

「那就拜託妳妹妹。妳確定要去喔。」「確定。」「確定喔。」我斬釘截鐵

台湾人の私も日本人の夫橋本も、西洋の国には行ったことがなかったから、行くべきかどうか随分悩んだ。私の人生において、「英国へ行く」という考えが浮かんだことは一度も無かった。学会参加はおろか、旅行に行こうと考えたことも無かった。それでも私は学者としての夫に、英国に行って視野を広げてもらいたいと思ったから、行くようにと強く勧めた。

「君も一緒じゃなかったら行かないよ。しかし、僕たち二人で大丈夫かな？」と夫が訊いてきた。

「大丈夫でしょう」と言いながら、私も随分と不安だった。

「僕たち英語全然できないし。」

「自動翻訳が有るじゃない。行ってからどうしていいか心配だったら、妹に頼んで旅行の計画を作ってもらいましょうか？　妹は英国文学の学会で何回もオックスフォードに行っているのよ。」

「それなら妹さんにお願いしよう。じゃあ、行くっていうことでいいの？」

「いいよ。」「本当にいいの？」最後は私がはっきりと「行くよ！」と答えた。

妹は以前英国に行った時の資料を引っ張り出し、一週間ちょっとの時間で私たちの旅行

地說：「對！」

妹妹拿出以前去英國的資料，花了大約一個多星期的時間幫我們規劃行程。以A4紙做了一份大約十五頁左右的旅遊指南。我們則從X醫師說我可以到英國時開始準備，到書店買英國旅遊書、上網看YouTube介紹英國，努力去熟悉英國的一切。

我們請妹妹幫我們規劃十一天的行程，一開始在倫敦六天，其中包含了當天來回的約克，接著去牛津開會三天，最後又回到倫敦兩天。然後在第十一天早上離開倫敦，回到東京。

八月中，我們要啟程去英國了。

我們搭的是晚上十二點的飛機。辦完登機手續之後，由於時間已晚，航空公司讓我們上樓，到招待室用餐，上機後不再提供晚餐。外子點了英

計画を作ってくれた。それは、A4用紙で十五頁にもなる詳細な旅行案内だった。私たちは私たちで、X先生が英国行き問題無しと言ってくれた時から準備を始めた。書店で英国旅行の本を買ったり、ネットでYouTubeの英国紹介動画を見たりして、とにかく英国の事情を知る努力をした。

私たちが妹に作ってもらったのは、十一日間の日程で、始めはロンドンに六日滞在、その中の一日はヨークに日帰り小旅行、それからオックスフォードに行って学会参加が三日間、その後ロンドンに戻って二日間。最後は十一日目の朝にロンドンを離れて東京に戻るというもの。

八月中旬、私たちは英国に向けて旅立った。

私たちが乗るのは夜十二時の飛行機。搭乗手続きを終えると、大変遅い時間なので機内では夜食を提供しないとのことで、階上の航空会社の待合室で食事が提供された。夫は英国名物のフィッシュ&チップス、私はカウンターから半分量カレーライスと半分量スパゲッティミートソースを取った。かなりの人数の英国ボーイスカウトの団体が、私たちと一緒に食事をしていた。大半は若い人だったが、私たちの隣の席に座っていたのは成人或いは老人だった。彼らは全員薄いコーヒー色のボーイスカウトの制服を着て、首にスカー

國名物炸魚薯條，我則從餐檯上拿了半分咖哩飯與半分義大利肉醬麵。與我們一起用餐的有一整團的英國童軍青年團。雖然大部分是年輕人，但坐我們旁邊的是成年人或老年人。所有人都穿著淺咖啡色的童軍制服，脖子上繫著領巾，非常顯眼，即使是老年人，看起來都精神抖擻。

當初在網上訂票時，我們來回都刻意選了飛機最後一排的座位，這樣十四個小時的旅程，不會被別人打擾，看電影、睡覺都很自在。

英國時間早上六點，我們到了倫敦希斯羅機場（Heathrow Airport）。

下飛機後，第一關要考驗我們的是通過海關的詢問。YouTube 上有人說若答不出海關的問題或神情緊張，會被懷疑是到英國從事不法之事，所以來英國之前，我很認真地上網查找海關常問問題與答案，每天有空就練習。入關時，外子發現日本人可以直接掃描護照入關，而我只能乖乖地接受海關先生或小姐的詢問。

早早出關的外子悠閒地站在海關人員身後等著我。

フを巻いていたから、一目でそれと分かり、老人であっても凛々しく見えた。

当初オンラインで航空券を予約した時から、十四時間の長旅の間、周りを気にせず、映画を見るなり寝るなり自由にできるように、往復ともに飛行機の最後列の座席を選んでおいた。

英国時間の朝六時に、我々はロンドンヒースロー空港に着いた。

飛行機を降りて、第一の関門は入国審査官の質問だ。YouTubeでは、審査官の質問に答えられなかったり、表情が落ち着かなかったりすると、英国に来て不法活動に従事する可能性を疑われると紹介されていたので、私は英国に来る前に、ネットで入国審査でよく訊かれる質問と回答を調べて、毎日時間さえあれば練習していた。実際に入国審査の所まで来てみると、日本人の夫はパスポートをスキャンするだけで入国審査が済むことが分かったが、私は大人しく審査官の質問を受けるしかなかった。

あっさり入国審査を通過した夫は、審査官の席の後ろに立って、のんびりと私を待っていた。

かなり年かさの審査官が、私を手招きした。幾つかの質問が有った後、私が妹が作ってくれた行程表を渡して見せると、その小父さん審査官は優しく「問題ありません。楽しい

一位年紀較長的海關人員示意我上前。問了我幾個問題之後，接著，我將妹妹幫我準備好的行程表拿給他看，親切的老先生說：「可以了。祝妳有個美好的假期。」「謝謝。」這個國家的人真友善，這是我對英國的第一個印象。有生以來第一次與外國人用英語交談，雖然都是簡單的句子，但心中仍感到緊張不已。我快步走到外子身邊，他問：「怎麼樣，怎麼樣？順利嗎？」

「海關人員好親切耶，我都有好好回答他的問題。」

「真是太好了。……不過，我後悔快速通關。」

「啊？為什麼？」

「因為快速通關，都沒有人幫我的護照蓋上關防，證明我來過英國。」

「老先生幫我蓋了耶。剛剛有點羨慕你，突然覺得慶幸臺灣人不能快速通關。」我拿蓋有關防的那頁向外子炫耀。

第二關是從希斯羅機場到帕丁頓車站（Paddington Station）。

休暇になりますように」と言ってくれた。「ありがとうございます。」この国の人たちは何と友好的なのだろう、というのが私の英国に対する第一印象だった。簡単な文だけだったとはいえ、外国人と英語で話すのは生まれて初めてだったから、私はこの上なく緊張した。早足で夫の所に近づくと、夫が「どうだった？ どうだった？ うまくいった？」と聞いてきた。

「審査官がとっても優しかった。質問には全部ちゃんと答えられたよ。」

「ああ、よかった。……だけど、僕は自動ゲートから出て失敗だった。」

「ん？ どうして？」

「自動ゲートだと、英国に来た印のスタンプをパスポートに押してもらえなかったんだよ。」

「私は審査官の小父さんに押してもらったよ。さっきは少しあなたが羨ましいと思ったけど、台湾人が自動ゲートを通れなくて、やっぱりよかったわ。」私は、スタンプの有る頁を夫に見せびらかした。

第二の関門は、ヒースコー空港からパディントン駅までの移動だ。荷物を受け取ると、私たちは妹が台湾から送ってきてくれたオイスターカード（日本の

拿到行李之後，我們將妹妹從臺灣寄給我們的牡蠣卡（類似臺灣的悠遊卡）加值，搭乘希斯羅機場快車到達帕丁頓車站。大約二十五分鐘的車程，我們到達帕丁頓車站。一路上都非常順利，掃除了我們對西方世界的恐懼。

在日本，戴口罩的解除令還沒公布，出門還是得戴口罩。但在英國，大家早已不戴了。聽說在西方，只有生病的人才戴口罩。只要在倫敦的街上看到戴口罩的，幾乎都是東方人。雖然心裏仍有點害怕被傳染，我們仍然入境隨俗，將口罩撤掉。但是戴口罩的時間實在是太久了（三年多），一不戴口罩，鼻子就變得特別靈敏，市區中各種味道衝擊著我們的嗅覺，其中令我們特別在意的是空氣中瀰漫著人們身上濃郁香水的味道。在日本，人們即使使用香水，也會盡量在不讓人馬上察覺的範圍中。

我們住在帕丁頓車站附近的飯店。在妹妹推薦我們的飯店中，我們選了這間帶有烹飪器材的小套房，在倫敦的六天，我們可以自己做飯。

SUICA・PASMOに類するもの）に入金して、ヒースロー・エクスプレスに乗ってパディントン駅に向かった。乗車時間二十五分ほどで、パディントン駅に着いた。ずっと順調で何の問題も無く、私たちの西洋世界に対する恐怖心はすっかり消えていた。

その頃日本では、マスク不要という公的説明はまだ無く、家を出る時は必ずマスクをしていた。しかし英国では、とっくに誰もマスクをしていなかった。欧米では、マスクをするのは病人だけだと聞いたことがある。ロンドンの街中でマスクをしているのは、殆ど例外なくアジア人だった。感染が怖いという気持ちは有ったが、それでも郷に入れば郷に従えで、私たちはマスクを外すことにした。しかし、あまりにも長い間マスクを着けていた(三年餘り）から、外してみると殊の外鼻がよく利いて、街の中の様々な臭いが一気に私たちの臭覚を刺激してきた。その中でも、特に気になったのは、人々のつける濃い香水の匂いが至る所に漂っていることだった。日本では、香水を使うにしても、他人には直ぐに分からない程度に抑えるのが普通だ。

私たちはパディントン駅近くのホテルに宿泊した。妹が推薦してくれたいくつかのホテルの中で、私たちは調理器具が附いているこの小さな部屋を選んだ。ロンドン滞在の六日間、これで自炊ができる。

我們在飯店附近的Mark & Spencer（M&S）超市買了兩種黑麥麵包、蛋、起司、火腿等食材與大瓶裝水、紅茶包、即溶咖啡。M&S超市在倫敦可能是很容易找到的超市，我們住的飯店附近，就有三家，雖然規模大小不一，但一定都有現烤的各種麵包。我們在倫敦的日子，完全仰賴這家超市。英國超市可以買的蔬菜種類相對少，對不喜歡吃蔬菜的外子來說，這裏簡直就是天堂，可以名正言順地忽視蔬菜。頭兩天，我們每一餐都吃麵包夾火腿、起司加水煮蛋。但我感到有些不適應，第二天晚上，又去M&S買了高麗菜、優格與水果。

買完食材，回到飯店，烤了兩片麵包，放上火腿與起司，做了水煮蛋。泡上兩杯紅茶。這是我們到英國的第一餐。之後，兩人分別洗了熱水澡，便跳上床睡覺了。再度醒來，已是英國時間晚上九點。

來英國前，我在網路上看到一則非常有用的訊息，英國的飯店是不提供拖鞋與盥洗用具的。我將家裏即將要淘汰的拖鞋用塑膠袋包好，放進了

私たちは、ホテルの近くのスーパー Mark & Spencer（M&S）で、ライ麦パン二種類に卵・チーズ・ハム等の食材と、大きなペットボトル入りの飲料水、紅茶のティーバッグ、インスタントコーヒーを買った。M&Sはロンドンではどこにでもあるスーパーのようで、私たちの泊まったホテル近辺だけでも三軒有り、規模は大小差が有ったが、どの店にも必ず店頭で焼いた各種のパンが売られていた。私たちのロンドン生活は、完全にこのスーパーが頼りだった。英国のスーパーでは売られている野菜は種類がかなり少なく、野菜嫌いな夫にしてみれば、堂々と野菜を食べない理由ができて、お誂えだった。始めの二日こそ、毎食、パンにハムとチーズを挟み、ゆで卵を添えて食べたものの、私はどうにも馴染めず、二日目の夜には再びM&Sに行って、キャベツとヨーグルトと果物を買うことになった。

食材を買ってからホテルに戻り、パンを二枚焼いて、ハムとチーズを載せて、ゆで卵を作った。そして、紅茶を二杯淹れた。これが、私たちが英国に着いて初めての食事となった。その後、順番にシャワーを浴びると、ベッドに飛び込んで寝た。目が覚めた時には、英国時間の夜九時になっていた。

英国に来る前に、ネットで非常に有用な情報を目にしていた。英国のホテルでは、スリッパや洗面用具の類は提供されない、というのだ。それで私は、最後の日に捨ててしまうつ

旅行箱，打算在最後一天將它丟棄。果然，不論是在倫敦的飯店、牛津的宿舍，都不提供。或許對別人不那麼重要，但是對我們來說，整天穿著外出鞋很不舒服，這個小小的動作，讓我得到外子的誇獎。

第二天吃完早飯，我們在帕丁頓車站周邊閒晃，熟悉環境。這個車站最為人知的是「帕丁頓熊」。牠戴著一頂紅帽子，穿著一件藍色厚呢風衣。車站裏面有一尊牠的銅像，車站外面有「帕丁頓熊專賣店」。我從來沒看過牠的故事，即使每天經過，也進去專賣店逛過，卻從來沒有買任何有關牠的商品的念頭。回來之後有點後悔，妹妹說她最喜歡帕丁頓熊，我至少應該買隻布偶回來送給她，答謝她這次幫我們規劃行程的辛勞。

去大英博物館（British Museum）前，外子在官網上預訂參觀券。雖然參觀博物館不用錢（有個選項是你可以捐款幫助他們維護博物館，我們捐了十磅），但可以先預訂時間，以便館方控制入場人數；也有需要付款的

もりで、履き古したスリッパをポリ袋に入れて、スーツケースに詰め込んでおいた。情報に嘘は無く、ロンドンのホテルでも、オックスフォードの宿舎でも、スリッパは本当に無かった。他の人にとっては何でもないことかもしれないが、私たちは、外出用の靴を一日中履いているのをかなり苦痛と感じるので、私の機転で古いスリッパを持ってきたことは、夫からも褒められた。

次の日、朝食を済ませた私たちは、周囲の環境に慣れておこうと、パディントン駅周辺をブラブラした。この駅で一番有名なのは、「パディントン・ベア」だ。パディントン・ベアは、赤い帽子を被り、青い厚地のコートを着ている。駅の中にパディントン・ベアの銅像が有り、駅の外にはパディントン・ベアの店が有る。私はパディントン・ベアの物語を読んだことがなかったので、毎日その傍を通り、店にも入って眺めたりはしたものの、何か記念品のようなものを買おうという考えは全く起きなかった。帰ってきてからちょっと後悔した。というのは、妹から、妹はパディントン・ベアが大好きで、ぬいぐるみの一つもお土産に買ってきて、苦労して旅行計画を作ってあげたお礼にしてくれてもよかったのに、という話を聞いたからだ。

大英博物館に行く前に、夫はオフィシャルサイトで入場券を予約していた。博物館に入

特展，我們八月去的時候，主題是「晚清百態」（China's Hidden Century）。

即使預訂了入場券（下載到手機裏），到了現場仍然要排隊。博物館遊客非常多，或許每天都是如此。我們順著博物館外的鐵欄杆排隊，一直到下個街角的轉折處。入館前，要先將書包打開讓館員做安全檢查。

入館後，無論幾號展廳，每項文物前都擠滿了人，我們只能走馬看花。根據妹妹及網上去過大英博物館的人的推薦，我們重點參觀了羅塞塔石碑、人面牛身雙翼神獸、帕特農神廟以及摩艾石像。我們比較意外的，是三樓的展廳有北宋的瓷器，它們的色澤，比我們在臺北故宮或北京故宮看的更加漂亮吸引人。

雖然妹妹極力推薦要去看埃及館的木乃伊，我還是不敢看。或許大部分人覺得，千里迢迢去到英國還不看，不是非常可惜嗎？或許是吧。寫到這裏，我要說說我的經驗，在我大學時期，歷史博物館曾經展覽過從中國借來的文物，其中特別宣傳一具千年女屍，被完整保存，皮膚仍富有彈性。

るのは無料だが（博物館の維持の為に寄付をする選択肢が有り、私たちは十ポンド寄付した）、博物館側で入場人数を調整する為に、時間は予約できるようになっていた。入場料を取る特別展も有り、私たちが行った八月は、「晩清百態」（China's Hidden Century）というタイトルの特別展が開かれていた。

入場券は予約していた（携帯にダウンロードしておいた）が、いざ着いてみるとやはり行列に並ぶ必要が有った。博物館は観光客が極めて多かったが、その日に限らず毎日同様の状況だったのかもしれない。私たちは博物館を囲む鉄の欄杆に沿って並んだが、行列は次の曲がり角まで続いていた。入館に際しては、カバンを開けて館員による安全検査を受ける必要が有った。

入館してみると、どの展示室も、あらゆる展示品の前に人が群がっており、私たちはチラチラ遠目で見ながら通り過ぎるしかなかった。妹やネット上の大英博物館に行った人の推薦を参考に、私たちはロゼッタストーンと人面有翼神獣像とパルテノン神殿彫刻とモアイ石像だけは少しゆっくり見た。意外だったのは、三階の展示室に有った北宋磁器で、その色艶は、私たちが台北故宮或いは北京故宮で見たものよりも美しく魅力的だった。

妹は、エジプト館のミイラは是非見ておくべきだと言っていたが、私は見る気になれな

我與沖沖地跑去參觀，當看到女屍時卻嚇得直冒冷汗，我的印象中只有一張灰色浮腫的臉。即使最後展覽結束，中方說借給歷史博物館的那具是複製品，我的心中還是感到很震驚。有誰願意被人從地底挖起供世人觀賞？從此我不再看類似的展覽。幸好外子也沒有很大的興趣。

看完展，時間還早，我們順著路，一邊散步，一邊走到地鐵站。走到牛津街時，赫然看到對街的「鼎泰豐」。二十多年前，我們曾在東京二子玉川站的高島屋吃過，這兩年在澀谷站的 SCRAMBLE SQUARE 也吃過，不管是服務或是食物，遠遠比不上臺北的鼎泰豐。印象中，只有北京當代商城的鼎泰豐稍微能夠展現臺北鼎泰豐的特色。

第三天的中午，我們去了妹妹推薦、位於柯芬園（Covent Garden）的 Rules 餐廳。

前一晚，外子提議：「後天早上我們要到國王十字站（King's Cross

かった。はるばる英国までやってきて、見ないのは勿体ない、と思う人が大部分かもしれない。確かに勿体ないことかもしれない。これについては、私の個人的経験についてお話ししなければならない。大学生の頃だったが、歴史博物館で中国から借りてきた文化財の展覧会が有った。様々な展示品の中で、特に広く紹介されていたのが、千年前の女性のミイラで、保存状態が良く、皮膚にはまだ弾力が有る、というものだった。私は興味津々で見に行ったが、実際にミイラを目にすると、恐怖で冷や汗が止まらなかった。灰色に浮腫《むく》んだ顔の印象しか残っていない。展覧会が終わった後、中国側からは、歴史博物館に貸し出したのは複製品だったという説明が有ったが、私の心の中のショックは収まらなかった。地下から掘り出されて世間の見世物にされるようなことを望む人がどこに居るだろうか。この事が有ってから、私はこの類の展示は見ないようにしている。夫も大して興味が無いのは幸いだった。

　博物館を見終わって、時間がまだ早かったので、散歩がてらゆっくりと地下鉄の駅に向かった。オックスフォード街まで来ると、通りの向こう側に「鼎泰豊」という目立つ看板が有った。二十数年前、私たちは東京の二子玉川駅の高島屋で食べたことが有り、最近二年ぐらいは渋谷駅のSCRAMBLE SQUAREでも食べているが、サービスも食べ物も、台

Railway Station）搭車到約克（York），要不我們早一點出門，先探探路，測量一下從帕丁頓站到國王十字站要多少時間。」我深表贊同，畢竟我們預定的是早上八點三十分的火車，遲到了恐怕無法彌補。這不光是錢的問題，還包括我們的破英文是否能清楚地表達我們錯過了車，接下來的行程該如何安排、被打壞的心情……等等。

餐廳預約的時間是下午一點，我們早到了一個小時。確定了餐廳的位置，就在附近逛逛。首先，我們到了特拉法加廣場（Trafalgar Square），接著走進河岸街（Strand）。走著走著，聽到身後有馬蹄聲，是騎警的兩位女警分別騎著一白一棕的馬巡邏，緩緩地從我們身旁經過。說是「緩緩」，當我察覺要拿手機拍下他們的身影時，他們已在六、七公尺之外，只能拍到馬屁股。大馬路上有許多車子往來，但馬兒絲毫沒有被驚嚇到，想來應該都受過訓練吧。兩匹馬被照顧得很好，體態均勻，毛色閃閃發光。到了下個街口，其中一位女警將手舉起，所有車子都停下來，讓騎警優先通過。

北の鼎泰豊とは全く比べ物にならない。唯一、北京の当代商城の鼎泰豊だけは、台北の鼎泰豊の良さを幾分感じられるものだったように思う。

三日目のお昼は、妹が推薦するコヴェント・ガーデンに在るレストランRulesに行った。

その前の晩、夫から提案が有った。「明後日は早朝にキングズクロス駅に行って、ヨークに行く電車に乗らなきゃならない。ちょっと早めに出て、一回下見に行って、パディントン駅からキングズクロス駅までどのくらいかかるか時間を確認しておくのはどうだろう？」この提案に、私は諸手を挙げて賛成した。何と言っても私たちが予約したのは朝八時半発の電車で、乗り遅れたら取り返しがつかない。単にお金の問題ではなく、私たちの訳の分からない英語でどうやって乗り損《そこ》ねたことを説明すればいいのか、その後の日程はどう調整すればよいのか、失敗して打ちひしがれた気持ちをどう恢復できるか等等、とにかく大変なことになる。

レストランの予約は午後一時だが、一時間ほど早く到着した私たちは、レストランの位置を確認してから、周辺をブラブラ歩いてみた。まず、トラファルガー広場を訪れ、そこからストランドと呼ばれる通りに入った。暫く歩いていると、後ろから馬の蹄の音が聞こえてきた。二人の女性騎馬警官が、それぞれ白と栗毛の馬に乗って警邏中で、私たちの横

時間差不多了，我們往 Rules 走去。去英國之前，我們在網上訂位並看了 Rules 的菜單，也和妹妹討論該點什麼？妹妹說這是倫敦最古老的餐廳，有自己的獵場，以賣野味聞名。可惜我們不懂欣賞，除了家禽家畜，鹿肉、兔肉都不敢吃。我們要了妹妹推薦的蟹肉沙拉與雙人份烤牛肉。外子和我不敢吃生的牛肉，我們告訴服務人員，希望吃到全熟的烤牛肉。聽說外國有些餐廳，廚師都會有自己的堅持，最常見的是牛排幾分熟才好吃，寧可不做你的生意，他們是一點兒也不讓步的。當我們提出要求後，服務人員欣然答應，沒有一絲困擾的樣子。烤牛肉上來時，即使是全熟，肉質也非常軟嫩。隨著烤牛肉，盤中還有水煮高麗菜、西洋生菜、兩個約克夏布丁，這是妹妹口中吃過最好吃的麵包。

很多去過英國的人都認為英國食物乏善可陳，但我跟外子兩人都覺得英國食物相當美味。

外子上洗手間之際，服務人員兩度來很客氣地問我是否要點飯後甜

をゆっくりと通り過ぎていった。ゆっくりとは言え、私たちが写真を撮ろうと思いついて携帯を取り出した時には、もう六七メートルは先に行っていて、馬のお尻しか撮れなかった。大通りなので車はかなり多かったが、きっと、十分な訓練を受けているのだろう、馬たちは全く驚く様子を見せなかった。二匹とも大事に育てられていると見えて、体型は引き締まり、毛並みも艶やかだった。次の交差点で一人の女性警官が手を挙げると、往来の車は全て一時停止して、騎馬警官に道を譲っていた。

予約の時間が近づき、私たちは Rules に向かった。英国に出発する前に、私たちはネットで席を予約して、Rules のメニューも見ていたし、妹とも何を頼んだらよいか相談していた。妹は、この店はロンドンで最も古いレストランで、専用の狩場を持っており、ジビエが有名だ、と言う。残念ながら、私たち二人にはその良さが分からず、食べられるのは家禽家畜だけで、鹿肉・兎肉も手を出す気になれない。そこで私たちは、妹が薦めてくれた蟹サラダ一つと、ローストビーフを二人前頼んだ。夫も私も生の牛肉は食べられないので、ウェイターに、完全に火が通ったローストビーフを食べたい、と伝えた。外国のレストランでは、料理人に拘《こだわ》りが有って、一番よくある例では、ステーキはどの程度火を入れるのが一番おいしいか、というような事で一歩も譲らず、嫌なら食べてもらわなくてよい、

點、咖啡或紅茶，應該是英國人的習慣吧。但是我實在是吃太飽了，連約克夏布丁都沒有吃完，向服務人員道謝，還比比自己肚子已經沒有「別腹◆」可以裝得下甜點，服務人員會意地微笑，就離開了。

兩人滿意地吃完午餐，到附近的泰晤士河畔散步。從方尖塔、獅身人面像處遠眺倫敦眼（London Eye），它曾經是世界最大的摩天輪。這又是一個妹妹推薦必去的地方，在摩天輪的乘坐艙中，最多可以容納二十五人。妹妹說轉速非常緩慢，但是可以俯瞰倫敦有名的建築。害怕人多又懼高的我們，覺得這樣遠遠欣賞就好。

從約克回到倫敦的第二天中午，在房間吃完午飯，我們散步至海德公園（Hyde Park）。

海德公園是這次旅途中，外子最喜歡的一個地方。公園距離我們住的

◆別腹　是日語詞，意思是即使吃得飽飽的，日本人還是有個小肚子可以裝甜點。

というような店も有る、と聞いていたが、私たちの要求を聞いたウェイターは、喜んで応じてくれて、困った様子を全く見せなかった。ローストビーフが出てくると、完全に火が通っていながら、肉質は非常に柔らかだった。ローストビーフには、水煮のキャベツと生の青菜に、ヨークシャープディングが二つ添えられていた。ヨークシャープディングは、妹がこれまで食べた中で一番美味しいパンと言っていたものだ。

英国に行った人からは、英国には美味しいものが無い、という話をよく聞くが、私と夫は、英国の食事はとても美味しいと思った。

夫が手洗いに行っている間に、ウェイターが二度やってきて、丁寧な口調で何か注文するか、と聞いてきた。食後のデザートとコーヒーや紅茶は、英国では当たり前なのだろう。しかし、私は完全に満腹で、ヨークシャープディングも食べきることができなかったから、ウェイターにお礼を言って、言うだけではなく自分のお腹を指さして、もうデザートを容れる別腹も無い事を示すと、ウェイターは納得したように微笑んで去っていった。

満ち足りた心地で昼食を終え、二人で近くのテムズ河畔を散歩した。オベリスクとスフィンクスの有る所から、遠くにロンドン・アイが見えた。ロンドン・アイは、かつては世界最大だった観覧車で、妹も必ず行くよう薦めてくれていた。観覧車のゴンドラは、最大で

地方大約五百公尺以內，走路大概十幾分鐘，就到達海德公園中的義大利花園的入口。回來後上網查詢，才發現網上說該去的地方我們都沒去，單純只把它當作一個公園散步。

我第一次看到天鵝是在福島，外子的故鄉。一大群的白天鵝在冬天的河邊悠遊自在地覓食。我問外子：「福島這麼冷，他們不怕嗎？為什麼不飛到更溫暖的地方。」外子說：「這些天鵝是從西伯利亞飛來過冬的。可能覺得福島就夠暖和了吧。」我說：「或是飛到福島就覺得累了？」外子笑著說：「你以為天鵝跟你一樣這麼容易累嗎？」

海德公園裏，也有許多天鵝。這是我第二次看天鵝。在白天鵝身後，有兩三隻身形和白天鵝一樣，但整隻都是淺灰色毛絨絨的天鵝，是白天鵝的雛鳥。也有雁鴨以及蒼鷺。我們經過義大利花園時，正好遇到蒼鷺無視遊客圍觀牠，專心地盯著池子裏的魚；也看到在人造池中洗澡的雁鴨，正整理著羽毛。「這裏好像大型的井之頭公園」我說。外子說：「比井之頭公園舒服多了。這裏人雖多，但是公園更大。」井之頭公園是我們家附近的

二十五人まで乗れる。妹によれば、非常にゆっくり動き、ロンドンの有名な建造物を鳥瞰することができるらしい。人が多い所と高い所が苦手な私たちは、こうして遠くから眺めるだけで良しとした。

ヨークに行ってロンドンに戻ったその次の日のお昼、部屋で昼食を済ませた後、私たちはハイド・パークに散歩に行った。

ハイド・パークは、今回の旅行で夫が特に気に入っていた場所だ。私たちが泊まっていた所から五百メートルとは離れておらず、十数分歩くと、ハイド・パークのイタリア庭園の入り口に着いた。後からネットで調べてみて分かったことだが、私たちはネットで見どころとされているような所には全く行っておらず、ただ純粋に公園の散歩をしていた。

私が初めて白鳥を見たのは、夫の故郷の福島でだった。一群の白鳥が冬の河邊で悠々気ままに食べ物を探していた。私は夫に尋ねた。「福島こんなに寒いのに、白鳥は寒くないの？どうしてもっと暖かい所まで飛んで行かないの？」夫は、「この辺の白鳥はシベリアから飛んで来て越冬してるから、福島辺りで充分暖かいんじゃないの？」と答えた。私が「福島まで飛んできたら疲れちゃったとか？」と言うと、夫は「白鳥も君みたいにすぐ疲れちゃうと思ってるの？」と笑った。

一座公園，天氣好的時候，我們會徒步去公園走走，當作運動。（後來查了才知道，海德公園是井之頭公園的三倍大）

在折返的路上，看到一大排的栗子樹，上面結滿了綠色皮的栗子。我對著外子大叫：「這個我知道，是栗子樹！」一路上的植物，我們都叫不出名字，太令人感到沮喪了。逛了近兩個小時，我們都有些累了，「我們從牛津回來，如果有空，再來公園散步好嗎？」外子點點頭。但最後我們沒有時間再去。

接下來，我們要去牛津了。

從牛津回倫敦後，只剩兩天就要回東京了。為了最後一天一早要搭飛機，我們住進在帕丁頓車站後面，一家全球知名的飯店。入住時，已經是傍晚時分。

ハイド・パークにも白鳥が沢山居た。白鳥を見るのは、私にとっては二度目だ。白鳥の後ろに、白鳥と同じ形だが全体がモコモコと薄い灰色の羽毛に覆われている鳥が二三羽くっついているのは、白鳥の雛だ。鴨や蒼鷺も居た。私たちがイタリア庭園を通った時、丁度一羽の蒼鷺が、周りの人々から注目されていることを無視して、一心に池の魚を狙っていた。池の中で水浴びした鴨が、羽根を整えている所も目にした。「ここは、井の頭公園を大きくしたみたいだね」と私が言うと、夫は「井の頭公園よりずっと気持ちがいい。人は多いけど、公園がはるかに大きい」と言った。井の頭公園は、私たちの家の近くの公園で、天気が良い時は運動の為によく公園まで歩いている。（後から調べて分かったが、ハイド・パークは井の頭公園の三倍の大きさだった。）

戻り道で、緑のイガの栗がびっしりと生《な》った栗の木が沢山並んでいるのを見かけた。私は夫に、「私これ知ってる！　栗の木だよ！」と叫んだ。公園の様々な植物をずっと見ていながら、私たちはどれ一つとして名前を言うことができず、つまらない思いをしていた。二時間近く公園を散歩して、二人とも疲れてきたので、「オックスフォードから帰ってきて時間が有ったら、又この公園に散歩に来ようよ」と言うと、夫はうなずいた。しかし、結局二度目に行く時間は無かった。

剩下兩天，我們一改前面幾天的悠哉懶散，想要好好把握時間到處遊覽。

從牛津回倫敦的時候，我們先去了皮卡迪利街（Piccadilly）的福南梅森(Fortnum and Mason)買茶葉。妹妹已經在行程表上註明了各種茶葉的屬性，我們只要算買幾盒即可。

第二天早上，我們大約十點左右出門。原本只是想去白金漢宮(Buckingham Palace）晃晃。因為這天的重頭戲是西敏寺（Westminster Abbey)。一出地鐵，我們還在看地鐵的牆上地圖，該往哪個方向走，卻發現許多人匆匆忙忙地往同一個方向走去。我心想：「他們應該也是要去白金漢宮吧，但是為什麼這麼匆忙？」基於好奇的心理，我們也跟在他們的後面。

他們的目標正是白金漢宮。這時，我才想到，妹妹的行程表上，寫著「八月的衛兵交接典禮為週一、三、五早上十一點」「遊客非常多，請提早抵達白金漢宮前廣場」等提示。今天不正好是星期三嗎？這個時間不是正要衛

続いて、私たちはオックスフォードに行った。

オックスフォードからロンドンに戻ると、残るは二日だけで、後は東京に帰らねばならない。最終日には朝の飛行機に乗らねばならないので、私たちはパディントン駅に隣接する世界的に有名なホテルに宿泊した。チェックインした時は、既に夕方だった。残すは二日、私たちはそれまでののんびりとした態度を改めて、時間を惜しんであちこち見て回ることにした。

オックスフォードからロンドンに戻って、先ずはピカデリーの Fortnum and Mason にお茶を買いに行った。妹が行程表に各種の茶葉の特性をメモしておいてくれたので、私たちは何缶買うかだけ決めればよかった。

次の日の朝は、十時ごろにホテルを出た。この日の主な目標はウェストミンスター寺院で、その前にちょっとバッキンガム宮殿に寄ってみようと思っていた。地下鉄を降りて、駅の壁の地図でどちらの道を行けば良いのか見ている間にも、沢山の人がそそくさと同じ方向に向かっている。「この人たちもバッキンガム宮殿に行くのだろうけど、何故こんなに急いでいるのだろうか？」と不審に思いながら、好奇心で、私たちも彼等の後に附いていった。

兵交接嗎？我們真是太幸運了。

我們到達時，衛兵行經的路線都擠滿了遊客。有小孩坐在爸爸的肩上、更多的遊客高舉著手機自拍棒。衛兵進場有好幾隊，我們並非刻意來看衛兵交接，但是我們站的位置，剛好是管樂隊的進場處。首先，是騎警與一匹棕色的馬進場，緊接著是一隊整齊劃一的士兵：戴著黑色熊皮帽，上面別著白色與綠色的羽毛；穿著紅色外套、黑色長褲的側邊左右各纏有一根紅線條。他們一邊吹奏，一邊踏著整齊的步伐。這份額外的贈品，讓我們高興許久。但是因為我們快十一點才到，沒有占到好位子，總是會拍到前面遊客的頭。也很慚愧我沒仔細看妹妹行程表的內容。

沒等衛兵交接結束，我們就離開了白金漢宮，向西敏寺邁進。前一天，我們已在網上買好入場的與登寺頂的門票。

上週因為參觀了約克大教堂，那是我們在英國第一個參觀的教堂，震撼實在太大。雖然兩邊同屬哥德式建築，進西敏寺時，只感覺比約克大教堂華麗，色彩鮮豔許多。遊客也多了好幾倍。

彼らは、確かにバッキンガム宮殿に向かっていた。この時私は、妹の作ってくれた行程表の中に「八月の衛兵交代式は月水金の午前十一時」「観光客が非常に多いので、バッキンガム宮殿前広場へは早めに」等と書いてあったことを、ようやく思い出した。今日は正に水曜日！　丁度衛兵交代式が始まろうという時間！　私たちは本当に運が良かった。

私たちが着いた時には、衛兵の通る道は観光客で一杯だった。お父さんの肩車に乗った子供も居たが、携帯の自撮り棒を持った観光客が目立った。衛兵は幾つものグループに分かれて入ってきた。私たちは、わざわざ衛兵交代を見に来た訳ではなかったが、私たちが立っていた所は、ブラスバンドの入場口に当たっていた。先ず、騎馬警官が栗毛の馬に乗って入場し、その後にきちんと盛装した楽隊が続いた。黒い熊皮の帽子には、白と緑の羽根が附けられ、赤いコートを着て、黒い長ズボンの側面には左右それぞれ一本の赤い線が縫い附けられている。彼らは演奏しながら、歩調を揃えて進んだ。この光景を見られたことは、意外な贈り物をもらったようなもので、私たちは暫くの間興奮していた。ただ、十一時直前に着いた為、良い場所を取ることができず、写真を撮っても前の観光客の頭ばかりになってしまった。妹が作ってくれた行程表をちゃんと見ておかなかったことが悔やまれた。

由於遊客太多，我們幾乎是比肩繼踵地參觀。西敏寺內有許多的墓塚，棺材，大致上都是英國皇室的相關成員。也有一些名人的墓碑。與約克大教堂相同，牆上或陳列的書籍上也有許多關於紀念一戰戰死士兵的文字。對英國人來說，或許一戰比二戰更加深刻。後來妹妹告訴我，英國有許多教堂都是為了撫慰國人人心，紀念某些災難才蓋的。原本推薦我們去而我們沒有去的聖保羅大教堂（St Paul's Cathedral），就是克里斯多福・雷恩爵士（Christopher Wren, 1632—1723）為了一六六六年的倫敦大火，與前一年的倫敦大瘟疫（那時候死傷非常慘重，人們對生命感到絕望）而建的。一進門就會看到玻璃門上刻有文字，意思大概是「這裏是離上帝最近的地方」（對十八世紀的人來說）。妹妹說當初看到這段文字都快哭出來了，光是聽妹妹這麼說，我的內心也感動不已。

我們沒有宗教信仰，也不瞭解英國的歷史，但是對參觀過的教堂，不論規模大小，都打從心底感到敬佩。

私たちは、衛兵交代式が終わるのを待たずにバッキンガム宮殿を後にして、ウェストミンスター寺院に向かった。前日にネット上で、入場券と楼上に登るチケットを買っておいた。

前の週に見ていたヨーク大聖堂は、私たちが英国で始めて見た教会だったので、大変な衝撃を受けた。同じゴシック建築とは言え、ウェストミンスター寺院に入った時には、ヨーク大聖堂よりも華やかで、色彩も豊富であるように感じられた。観光客も何倍も多かった。観光客があまりに多く、私たちは前後の人々と殆ど距離を取れないような形で見て回ることになった。寺院内には数多くの墓や棺が有った。多くは英国王室に属する人々だった。有名な人物の墓碑も見られた。ヨーク大聖堂と同様に、壁面や陳列された書籍には、第一次世界大戦で戦死した兵士を追悼する説明が書かれていた。英国の人々にとっては、第一次世界大戦が遺した傷が第二次世界大戦よりも深かったのかもしれない。後で妹から聞いた話だが、英国の教会の非常に多くは、何らかの災厄の被害を記念し、人々の心を慰めるために建てられたものだそうだ。私たちは行かなかったが、妹が行くことを薦めてくれていたセントポール大聖堂は、クリストファー・レン（一六三二〜一七二三）が一六六六年のロンドン大火と、その前年のロンドン大疫病（死傷被害が深刻で、人々は生存に絶望を

西敏寺的登頂與約克不同，如果你累了，可以搭電梯。（電梯看起來是新蓋的）寺頂也陳列一些文物，但是禁止拍照。很多遊客對寺頂俯瞰一樓的景色都很感興趣，有意或無意（沒看到告示牌）拿起手機拍，都被坐在後面的警衛人員制止。

外子特別喜歡的是以小牛皮或羊皮做成的紙，製作成記錄西敏寺事務的書。雖然不能翻看，但到底是什麼樣的技術，可以讓牛或羊皮變成這麼薄，卻又製作成這麼厚的一本書？

離開了西敏寺，我們到了河岸街聖母教堂（St. Mary le Strand），在小商店買了一瓶水，把早上出地鐵時在麵包店買的麵包拿出來，做為午餐。晚上還要吃油封鴨，對我們來說油封鴨是大餐，中午吃簡單一點就好。接著我們到了唐寧茶店（TWININGS），倫敦的唐寧茶店創立自一七〇六年，至今已有三百年的歷史。門上有兩個清朝人分坐在金獅的下面，位於清人中間的徽章，是英國皇家認證的委任書上的圖形，唐寧以此做為他們的徽章。

感じていた）を記念して建てたものだ。建物に入ると直ぐに見える扉のガラスには、「ここは神に最も近い所だ」（十八世紀の人々にとってはそうだった）というような意味の言葉が彫られている。妹は初めてこの言葉を見た時には涙が出そうだったと言ったが、妹の話を聞いただけの私も心打たれた。

私たちは無宗教だし、英国の歴史もよく知らないが、今回訪れたいくつかの教会では、大聖堂でも小さな教会でも、心の底から敬虔な気持ちになった。

ウェストミンスター寺院で楼上に上がるのは、ヨーク大聖堂と違って、疲れていればエレベーターを使うこともできた。（エレベーターは造られたばかりのようだった。）楼上には文化財も展示して有ったが、写真撮影は禁止だった。多くの観光客が、楼上から一階を見下ろす景色を面白がり、故意に或いは知らずに（撮影禁止の表示を見ておらず）携帯で写真を撮ろうとしては、いずれも警備員に止められていた。

夫が喜んで見ていたのは、子牛や羊の皮を紙にして作られたウェストミンスター寺院の管理記録簿だった。頁を捲ってみることはできなかったが、どうやったら牛や羊の皮をこれほど薄くして、更にそれをこれほど厚い本にすることができるのか、不思議だった。

ウェストミンスター寺院を出た私たちは、ストランドの聖マリー教会に行った。そこで、

雖然唐寧的茶葉、茶包日本或臺灣都買得到，但妹妹以前去英國唐寧時，店員曾告訴妹妹，即使是同一款茶，在英國與在國外的配方是不一樣的。我深記這一點，帶回日本泡來喝，果然有很大的不同。

買好茶葉，我們先回飯店一趟。我們傍晚五點去了Duck & Waffle。來英國之前，我跟妹妹說我想吃油封鴨，妹妹推薦了這家餐廳。我們到達時，一樓只有個櫃檯，櫃檯裏面坐著一個工作人員。他的左前方，就是一部電梯，在確認了我們的訂位，他讓我們上四十樓。

餐廳標榜是日式的口味，連裝潢也有點像日式居酒屋。餐點很快就來了，最下層是華夫餅，中間是一隻鴨腿，最上層是一個荷包蛋。外子認為這家餐廳的主打應該是週邊的景色。食物則是中規中矩的味道。

工作人員帶我們坐在靠窗的座位，從我們的座位望出去，可以看到半個倫敦，也清楚看到倫敦塔橋（Tower Bridge）。吃完我們就離開，沒有久留，對我們來說，兩人在街上走走，比坐在這裏看夜景要有趣多了。

小さな売店を見つけて水を一本買い、午前中地下鉄を出た所のパン屋で買ったパンを取り出して、昼食とした。夜には鴨のコンフィを食べる予定で、私たちにとって鴨のコンフィはご馳走だったから、お昼は簡単に済ますことにした。それから、トワイニングの店に行った。ロンドンのトワイニングは一七〇六年の創業で、三百年の老舗だ。入口の上には、金のライオンの下に二人の清朝の人物が左右に分かれて座っている像が有り、その二人の清朝人の間に置かれた徽章は英国王室の委任状の形で、トワイニングはそれを自分たちの紋章にしていた。トワイニングの茶葉やティーバッグは、日本でも台湾でも買えるものだが、妹が以前英国のトワイニングの店に行った時、店員から、同じ品種のお茶でも、英国と国外では中身が同じではない、という話を聞かされていた。私はその話をよく覚えていたので、日本に帰ってから淹れて飲んでみたが、確かに随分と違っていた。

茶葉も買えたので、私たちは一先ずホテルに戻り、夕方五時にDuck & Waffleに行った。英国に来る前、妹に鴨のコンフィが食べたいと言ったら、妹が推薦してくれたのがこの店だった。着いてみると、一階には受付が有るだけで、中に一人スタッフが座っていた。その左前方にエレベーターが有り、予約を確認すると私たちを四十階まで上がらせた。

この店は日本式の味付けという触れ込みで、内装も幾分日本の居酒屋に似ていた。料理

最後一天的早上六點，我們退了房，到達車站。往機場出發。上了飛機。

到了東京羽田機場。兩人感到非常不真切，好像做了一場夢，想要捉住任何有關英國的一切。

每兩週左右，我和外子都會到吉祥寺採買所需的生活用品，才發現日本人很喜歡英國。街上，到處都可以看到有關英國的食衣住行，真是太好了，以後只要懷念英國，我們就可以來這裏尋找英國的味道。

は直ぐに提供され、一番下にワッフルが有り、真ん中が鴨の腿で、その上に目玉焼きが乗っていた。夫は、この店は周りの景色で商売をしているんだろう、料理は可も無く不可も無くだ、と言っていた。

私たちが店員に案内されたのは窓際の席で、座席に着いたままでロンドンの半分が一望できたし、タワーブリッジもよく見えたが、私たちは食事を終えると直ぐに店を離れた。私たちにとっては、二人で街歩きをする方が、そこで夜景を眺めているよりも楽しかったから。

最後の日の朝六時、私たちはチェックアウトして駅に行き、空港に向けて出発した。そして飛行機に乗り込んだ。

東京の羽田空港に着いても、二人は全く実感が湧かず、何やら夢を見ていたようで、とにかく英国に関わるものが何か無いかと探していた。

二週間に一度ぐらい、私と夫は吉祥寺に生活用品を買いに出かけている。それで、日本人は英国がとても好きなんだということが分かってきた。街を歩いていると、至る所に英国に関連した衣食住の物品を見かける。ああ、よかった。これからは、英国が懐かしくなったら、ここに来て英国の香りを探して回ろう。

約克

第四天，妹妹幫我們安排的行程是約克。

有了昨天探路的經驗，大約七點半，我們順利到了國王十字站。哈利波特迷早早在9又3／4月臺前排隊等照相。

我們預訂的是LNER的頭等艙。還有一個鐘頭才到開車時間，哈利波特9又3／4月臺往前一些的二樓，就是LNER的貴賓室。貴賓室非常大，裏面已有一些遊客，或看報紙雜誌，或喝咖啡、果汁，或吃蛋糕、餅乾，這些都是LNER為頭等艙的遊客準備的。因為上火車後，有提供早餐，我和外子各倒了一杯紅茶與咖啡。不習慣一早吃甜食的我們，想嚐嚐英國的甜食，還是拿了一塊餅乾，「好甜啊！一早吃這麼甜可以嗎？」我說。「妳別吃，快喝茶。」外子將餅乾從我手上接過去。「這些食物、飲料可以帶出貴賓室嗎？我想帶一瓶水」我問外子。「應該不行吧。妳看，沒有人帶出去。」

ヨーク

英国行きの四日目は、妹がヨークへの小旅行を計画してくれていた。

前日に下見をしていたので、すんなりと七時半ごろにはキングズクロス駅に着いた。ハリーポッターのファンたちは、もう九と四分の三番線の前に行列を作って写真を撮っていた。

私たちはLNERのファーストクラスを予約していた。発車までまだ一時間有ったので、ハリーポッターの九と四分の三番線の少し先の二階にあるLNERラウンジに入った。かなり大きなラウンジで、旅客たちが新聞・雑誌を読んだり、コーヒーやジュースを飲んだり、ケーキやクッキーを食べたりしていた。それらは、いずれもLNERがファーストクラスの旅客の為に用意しているものだった。電車に乗れば朝食が提供されるので、私と夫はそれぞれ紅茶とコーヒーを一杯取った。私たちは朝から甘いものを食べる気はしなかったが、英国のお菓子も食べて見たくて、クッキーを一つつまんだ。「うわ、甘い。朝からこんなに甘いもの食べて大丈夫かしら？」と言うと、夫が「食べないでいいよ、お茶飲ん

牆上有好幾個螢幕，顯示著各個車次的目的地、開車時間、月台，我們在開車前二十分鐘下樓。找到我們列車的月臺，走進車廂，人不多，「說不定我們有機會獨佔四人座位」我心想。等到開車，我們的對面始終沒有人，兩人心中都暗自竊喜，不管對面是東方人或西方人，都會讓我們兩個不善交際的人感到尷尬。

從倫敦到約克，大約兩個鐘頭。開車沒多久，車上的服務人員馬上來幫我們點餐，我們點了「Full LNER」，裏面有：一根林肯郡香腸、兩片煙燻培根、一個黑布丁（血腸）、一塊炸馬鈴薯餅、茄汁燉豆、蘑菇、散養雞蛋做成的荷包蛋還有咖啡。英國的培根是豬里肌肉做的，與臺灣、日本是五花肉不同。我們吃了一頓豐盛又滿足的早餐。接著有個年輕的查票員來查票，我們一上車就將我們的車票放在桌子上了，他看了一眼，很親切地跟我們道謝。

之後，各站陸陸續續有人上車，也都沒有人坐在我們對面。

途中，外子突然看到車廂與車廂之間的玻璃門上有「AZUMA」的字樣，

で」と言って、私の持っていたクッキーを引き取った。「ここの食べ物や飲み物は、ラウンジから外に持って出てもいいのかしら？　水を一本持っていきたいんだけど」と夫に聞くと、夫は「駄目なんじゃないの？　誰も持っていかないよ」と答えた。

壁にはいくつも電子掲示板が有り、それぞれの列車の目的地・発車時間・番線が表示されている。私たちは、発車二十分前にラウンジから下りた。自分たちの乗る列車の番線に行き、車両に乗り込むと、乗客は多くない。「四人掛けの座席を二人で独占できるかもしれない」と期待した。発車時刻になっても、私たちの向かいの席に座る人は無く、二人とも心の中で幸運を喜んだ。アジア人でも西洋人でも、向かいの席に人が座れば、人付き合いが苦手な私たち二人は気まずい思いをしなければならなかった。

ロンドンからヨークまでは、およそ二時間。発車してまもなく、乗務員が食事を持ってきてくれた。私たちが頼んだのは「Full LNER」で、リンカーンシャー・ソーセージ一本、ベーコン二枚、ブラックプディング（豚の血入りの腸詰）一つ、ハッシュドポテト一つ、大豆のトマト煮、マッシュルーム、放し飼い鶏の卵で作った目玉焼きにコーヒーが附いた。英国のベーコンは豚のロース肉を使っていて、台湾や日本のバラ肉のものとは違った。内容豊富な朝食を食べて、私たちは満足した。その後、若い乗務員が切符を確認に回って来た

他說：「這是日本做的車廂。」我問：「你怎麼知道？」「妳看『AZUMA』。」「那是『東』的羅馬拼音！」「對。就算不是完全由日本製造，至少也有合作關係。」◆

一路上，窗外的風景都是我們沒有看過的：一望無際的草原，有馬、牛、羊在吃草。而且比較有趣的是這段路我們看到的是一大群馬，下一段路看到的是一大群牛，另一段則是一大群羊，當然也有牛羊混合吃草的畫面，大概是不同的飼主所豢養。還有一大卷一大卷的牧草卷，有些是有規律地排列，有些則是散落各處。我想，這應該是因為冬天很冷，飼主為了動物們儲備的糧食吧。

我們坐的是最前面的車廂，車站的出口在反方向，下車時，我們成了最後一個車廂。我們下車的地方，這個角度剛好能將整列列車拍進去。剛

◆回家後，查到以下資訊：該款列車屬日立 A-train 系列，由二〇一五年起，分別在英格蘭東北部的牛頓艾克利夫鎮日立分廠，與日本山口縣的笠戶事業所製造。……此款列車和基於同一平臺的八〇一型列車被命名為「Azuma」（引自維基百科「英國鐵路八〇〇型列車」條）

が、私たちは乗り込んで直ぐに切符をテーブルの上に置いておいたので、乗務員は一目見て、親しげに「ありがとう」と言った。

その後、駅に着く度に新たに乗ってくる乗客が有ったが、私たちの向かいの席に座る人は無かった。

乗車中、夫は車両と車両の間のガラス扉に「AZUMA」と書いてあるのに気づき、「これは日本の車両だ」と言った。「どうして分かるの？」と聞くと、「『AZUMA』って書いてあるの見える？」「『東』のローマ字だ！」「そう。全て日本で造っている訳ではないとしても、何らかの協力関係が有るに違いない。◆」

ヨークまでの乗車中、車窓から眺める風景は私たちが見たことの無いものばかりだった。見渡す限りの草原では、馬・牛・羊が草を食べていた。面白いのは、ある線区では沢山の馬を見、次の線区では沢山の牛が居て、別の線区では羊が沢山居るという具合で、もちろん牛と羊が一緒に草を食べている場面も有ったが、それぞれ別の飼い主に飼われているも

◆家に帰ってから調べてみたが、この列車は日立のA-trainと呼ばれるもので、二〇一五年からイングランド東北部のニュートン・エイクリフの日立工場と日本の山口県の笠戸事業所で造られた。基本的に同じ構造の八〇〇型と八〇一型が「AZUMA」と名付けられている。（ウィキペディア「イギリス鉄道八〇〇型」）

才來查票的年輕、親切的查票員，看到我正在為列車拍照，很迅速地閃進車廂內，並對我們微笑。我們向他致意。英國人真是太貼心了。

出了約克火車站，我們上了城牆，一直沿著城牆走。我們不知道該在哪裏下去，但是看到前方有很多人，都往同一個方向走去，「應該差不多可以下去了吧」外子說。

下了城牆，跟著人群走，到了鐵橋（Lendal Bridge）前，我們順著橋的左邊走去，有一塊關於橋的牌匾，寫著：「這座橋自一八九四年八月七日起免收費。」

原本連接兩岸的橋不在此處。這座橋是為了連接約克車站與約克大教堂而建的。

過橋後，就是現在遊客們最熟悉的市區。橋的欄杆上，由三種圖案重複排列，依序是：約克家族的白玫瑰、約克教區的十字鑰匙和英格蘭的獅子。

當初妹妹在幫我們規劃行程時，問我到英國想要看什麼？我說我想看

のかと思われた。牧草を巨大なロール状にしたものも多く見られた。きちんと並べられたものもあれば、バラバラに置いてあるものもあった。寒い冬に備えて、飼い主が動物たちの為に食料を備蓄しているのだろう、と思った。

私たちが乗っていたのは一番前の車両で、駅の出口は反対の方向に有ったから、電車を降りると、私たちが一番後ろの車両になった。私たちが降りた所は、列車全体の写真を撮るのに丁度良い位置だった。先ほど切符の確認に来た若い親しげな乗務員は、私たちが列車の写真を撮っているのに気づくと、素早く車両の中に隠れ、私たちに微笑んだ。私たちも彼に身振りで挨拶を送った。英国の人は、なんと親切で優しいんだろう。

ヨーク駅を出た私たちは、城壁に登り、城壁の上をずっと歩いた。どこから下りられるのかも分からなかったが、前の方に人が多く居て、それが皆同じ方向に進んでいたから、「そろそろ下りられるんだろう」と夫が言った。

城壁から下りて、人の流れに附いて歩き、鉄の橋（Lendal Bridge）の前まで来た。私たちは橋の左側を歩いたが、橋の由緒を示す記念板が有り、「この橋は一八九四年八月七日より無料とする」と書いてあった。

川の両岸を結ぶ橋は、もともとはこの位置には無かった。この橋は、ヨーク駅とヨーク

古代的建築。「那就去約克吧！」妹妹說。「很多古蹟嗎？」我問。妹妹說：「到了約克妳會發現到處都是古蹟。約克大教堂是英國最大的哥德式建築，很值得參觀喔。」

正如妹妹所說，約克隨便走都是古蹟。走著走著，看到有條小巷子，我們遲疑了一會兒，在巷口觀望著。身後有位當地的婦人，告訴我們裏面是一座非常古老的教堂，很值得一看，「跟著我走」婦人說。從外面根本看不到裏面有什麼，跟著她轉進去後，果然看到一座小巧的教堂，我們跟她道了謝。小教堂前，有些人在交談著，但都是當地的人，沒有遊客。或許當天的遊客只有我們兩人看到這座小教堂呢。

一路上都非常熱鬧，尤其是歐洲保留最完整的中世紀街道，也是哈利波特電影的拍攝地點The Shambles（肉舖街），但是在街口看到黑壓壓的一大片人群，一動也不動，只好放棄。

我們到了約克大教堂（York Minster）。光是在外面看著約克大教堂，我們就覺得不虛此行。遊客們忙著拍照，或是在教堂外面的階梯上坐著休息。

大聖堂を結ぶ為に架けられたものだった。

橋を渡ると、現在の観光客に一番よく知られている市街地になる。橋の欄干には、三つの図案が繰り返し配列されていた。順番に、ヨーク家の白バラ、ヨーク教区の十字鍵とイングランドの獅子である。

始め、妹が私たちの行程を考えてくれた時、私に、英国でどんなものを見たいのか聞いてきた。私が、古い建築物が見たいと言うと、妹は「それならヨークに行くのがいい」と言う。「古跡が沢山有るの？」と聞くと、妹は「ヨークに行ったら、至る所古跡だらけよ。ヨーク大聖堂は英国最大のゴシック建築だから、必見だね」と言った。

妹の言う通り、ヨークはどこに行っても古跡ばかりだった。歩いているうちに、一本の狭い裏通りが目に付いた。その先がどこに繋がっているのか分からず、曲がり角で様子を見ていると、後ろから通りかかった現地の婦人が、この中にはとても古い教会が有って、一見の価値が有る、と教えてくれて、「ついておいで」と言う。表通りからは全く分からなかったが、婦人について奥に進むと、そこには確かに小さな教会が有った。私たちは婦人に礼を言った。その小さな教会の前には、話をしている人たちも居たが、いずれも土地の人で、観光客は居なかった。あの日、あの小さな教会を見た観光客は、私たちだけだっ

外子說：「我們進去參觀吧！」我點點頭。到門口時，工作人員向排隊的遊客們說明一個人要十六磅，一一確認是否要進去參觀。

我從來沒有看過這麼令人震撼的建築。不管是空間的配置，還是色彩的搭配，這座教堂，純樸而莊嚴，絕對值得獲得世界上所有的讚美。為什麼十二世紀的歐洲人可以有這樣的構想（雖然後來陸陸續續又因各種原因修建），蓋出這麼雄偉的建築？

牆上還有許多紀念第一次世界大戰戰死士兵的文字。我看不懂，全靠外子翻譯。我們在其中一區坐下，凝望著前方的彩繪玻璃與其下的雕像，雖然不知道代表的是什麼，但是心裏感受特別平靜。能夠來這裏真是太好了！我在心中感謝妹妹的推薦。

但是我們得先暫時離開。又到了我們預約下午茶的時間。是「BETTYS CAFE TEA ROOMS」。

如果沒有預約，只能在一樓排隊，聽說要排一個半鐘頭。有預約的人

たのかもしれない。

街中はどこも人が多かったが、ヨーロッパで中世の街並みが最も完全な形で遺されているという、ハリーポッターの映画も撮影されたシャンブルズ通り（The Shambles）はひときわ賑やかだった。人々が密集して進むこともできなくなっている様子を入り口から眺めて、私たちは入っていくことを諦めた。

ヨーク大聖堂まで来た。ヨーク大聖堂を外から眺めただけで、私たちは来てよかった、と思った。観光客たちは、盛んに写真を撮ったり、教会の外の階段に座って休んだりしていた。夫が「中に入ってみよう」と言い、私もうなずいた。入口まで来ると、スタッフが並んでいる観光客一人一人に、一人十六ポンドの入場料が必要となるが良いか、と確認していた。

私は、建築物を見て、これほど心を震わせられたことはない。空間の配置といい、色彩の組み合わせといい、この教会の純朴にして且つ荘厳であることは、間違いなく世界中のあらゆる賞賛を受けるに値する。十二世紀のヨーロッパ人は、（その後何度も様々な理由で改修されているにせよ）どうしてこのようなことを思いつき、これほど雄渾な建物を造ることができたのだろうか？

從旁邊的樓梯直上二樓，外子拿出我們事先列印出來的預約單給服務員看，他們馬上引領我們到座位上。這是間專門喝英式下午茶的餐廳。帳單上寫著「創立於一九一九年」。

我們點了兩份三層下午茶點與兩壺茶。稍微出乎我們的設想，不論是下層的三明治、中層的司康或是最上層的甜點，我們的都比妹妹傳來的照片要來得小巧，但是所有的餐點做得相當精緻是不可否認的。當天有三桌客人慶生，我們也沾染他們的喜悅，很賣力地為他們鼓掌祝賀。後來更有一組人先來布置生日會場，每個人都盛裝打扮，想來這個價格，只有觀光客與有特殊日子要慶祝的人才會光顧。

還沒到規定的一個半小時，我們就結束了我們的下午茶，下樓去了販售部。在一樓等下午茶的顧客還是跟剛才一樣多。販售部就在餐廳入口的旁邊，雖然也需要排隊，但是人少多了。我們買了三個原味、三個葡萄乾司康回去當早餐，這個大小是妹妹照片中的大小。另外又買了妹妹說非常好喝的茶葉，這是要送給妹妹的。

壁面には、第一次世界大戦で戦死した兵士を記念する文字が沢山見られた。私には分からなかったが、夫が翻訳してくれた。私たちは教会の中の座席に座り、前方のステンドグラスとその下の彫像をじっと見た。それらが何を意味しているのかは分からなかったが、心の中が静かに落ち着いてくるのが分かった。ここに来られて、本当によかった。私は心の中で、妹が勧めてくれたことに感謝した。

しかし、私たちは一度そこを離れる必要が有った。予約していたアフタヌーンティーの時間だったからだ。店は「BETTYS CAFE TEA ROOMS」。

予約が無ければ、一階の行列に並ばねばならず、一時間半も待たされるらしい。予約してあれば、脇の階段から直接二階に上がる。夫が事前にプリントアウトしてきた予約票を店員に見せると、直ぐに座席に案内してもらえた。ここは、英国式アフタヌーンティー専門の店で、伝票には「一九一九年創業」と書いてあった。

私たちは、三段のアフタヌーンティー食品を二つと、お茶を二ポット頼んだ。下段のサンドイッチも、中段のスコーンも、一番上のスイーツも、全てが妹が送って見せてくれていた写真よりも一回り小さかったのは予想外だったが、どれも丁寧に作られていたことは認めざるを得ない。その日は誕生日の客が三組居て、私たちもその客たちの祝福ムードに

到處都是人，但是離我們回去的火車時間還早。外子說：「我們還是回約克大教堂吧。」「好！」剛剛真的覺得意猶未盡。我們回到約克大教堂後，拿出我們中午前買的門票給工作人員看，他指示我們從另一個門進去。我們繼續近午的參觀。

每個小時固定的時間，我們都看到一群人聚集，由工作人員帶著，往一處階梯走去。門口還有工作人員檢查票。我們伸頭偷瞄他們手上拿的票，覺得跟我們的門票很像，跟著大家排隊，以為是一個特殊的展覽。工作人員看了我們的門票，很客氣地說：「啊，對不起，不是這張。如果你們想參加塔樓之旅（Tower Trip）的活動，請買下個小時的票。」啊！原來是這樣。真不好意思。

我們到了旁邊的櫃檯。原本以為是詢問檯，其實是專門為「塔樓之旅」而設的櫃檯。向工作人員詢問該如何參加？她簡單地跟我們說明了規則，後來直接給我們看一張有各種語言翻譯的A4紙，讓我們自已看。最

包まれてしまい、一緒になってお祝いの拍手をしていた。その後、更に一組の客が盛装して誕生祝賀会の準備をしていた。この店は結構な値段なので、観光客か特別なお祝いでもなければ誰も来ないのだろう。

一時間半の制限時間よりも早く、私たちはアフタヌーンティーを切り上げ、階下の売店を訪れた。一階でアフタヌーンティーの順番を待つ客の数は、先ほどと変わらなかった。売店は喫茶部の隣に在り、そちらにも並んでいる人は居たが、人数はずっと少なかった。私たちは、ロンドンでの朝食にする為に、スコーンをプレーン三つ、レーズン三つ買った。これは、妹が写真で見せてくれたものと同じ大きさだった。他に、妹が大変美味しいと言っていた紅茶を買って、妹へのお土産とした。

どこへ行っても人ばかりだが、帰りの電車にはまだ早い。夫は「やっぱりヨーク大聖堂に戻ろうか？」「賛成！」先ほどは、本当にまだまだ見足りない感じがしていた。ヨーク大聖堂に戻って、昼前に買った入場券をスタッフに見せると、別の入り口から入るよう指示してくれて、私たちはお昼の見学の続きを始めた。

一時間に一度、決まった時間にかなりの人数の人々が集まり、スタッフに連れられて一か所の階段の所に向かって行く。入口ではスタッフが切符を確認していた。首を伸ばして

要注意的是一共有２７５階，要考量自己的身體是否能承受。「２７５！」我有點遲疑，外子卻說沒有問題。我心裏吶喊著：「喂喂喂～～這位先生，是你沒問題，我問題可大了。我平常又沒練腿部肌肉，而且我是病號耶。」工作人員聽外子斬釘截鐵的回答，指示我們到她旁邊的同事那兒付錢買票。

我幾乎是靠著意志力爬上去的。因為樓梯非常窄，大約只容得一人上下，而且後面又有人等著上樓，不能隨便放棄下樓。只能跟隨著前面人的步伐。

自從COVID 19流行後，我在外面不碰任何東西。但是這次我真的沒辦法，大概走了三十幾階後，我雙手緊抓著欄杆，一階一階的拾級而上，外子則在我後面支撐著我。即使上樓對我來說這麼艱難，我還是覺得幸好有登上教堂的塔頂。教堂頂端的風景，實在是太寬廣、漂亮得讓人難忘。這裏是約克最高的地方，可以環顧整個約克的風景。

或許是同時段登頂的人，彼此特別地有親切感。有位隻身前來的西方

彼らが手に持っている切符を見ると、私たちの入場券と同じように見えたので、何か特殊な展示が有るのだろうと思って、私たちもその列に加わった。スタッフは私たちの入場券を見ると、丁寧な口調で「あ、すみません、この券じゃありません。『塔上巡り』に参加をご希望であれば、一時間後の切符をお買い求め下さい。」ああ、そういうことでしたか。失礼しました。

私たちは、すぐ傍に有るカウンターに行ってみた。案内窓口だとばかり思っていたが、実はそこが「塔上巡り」の受付カウンターになっていた。カウンター職員にどうすれば参加できるか尋ねてみると、参加の条件を簡単に説明した後、各種言語の翻訳文が載ったA4用紙をくれて、私たちに自分で読んで理解させた。一番重要な情報は、階段が全部で二百七十五段有るということで、体力的に可能かどうか自分で判断する必要が有った。「二百七十五！」私はかなり気後れがしたが、夫はあっさり「大丈夫です」と言った。私は心の中で「おいお～い、そこの旦那さん、あんたは大丈夫でも、私は大丈夫じゃないでしょう。私は普段から足の筋肉を鍛えたりしてないし、何と言っても病人なんですぜ。」と叫んでいたが、夫の明快な回答を聞いた職員は、隣の職員の所で料金を払って切符を買うように私たちに指示した。

人，他很高興地喊我們：「快來這裏看！你們將手機伸出去，可以拍到側面雙塔塔頂。」我們也很興奮地依他指的方向望去，果然是他所說的那樣，因為不這麼做，根本看不到外面的雙塔。我們向他道謝，他也很滿意地離開，到下一個方向觀賞。

我們來英國之前，聽到或在網上看到，西方人很不喜歡東方人。當然C老師因為喜歡東方文化，愛屋及烏，對我們非常好。沒想到這次我們在英國三個城市都遇到非常友善的人。

大約過了半個鐘頭，發現塔頂人越變越少，察覺到我們應該下樓了。我們可能是最後一批遊客，下到一樓時，原本在一樓參觀的遊客都已經離開，工作人員指引我們從紀念品販賣處的門出館。那時候已經是五點了。我們的火車票是六點，不能像早上來的時候慢慢散步，得要快點回到車站。

但是但是，夕陽把烏茲河照得閃閃發光，好美啊！古樸的街道，好有

私は、殆ど気力だけで這い登った。階段は非常に狭く、一人が上り下りするのがやっとで、後ろの人たちが続いて登ってくるから、途中で諦めて下りていくこともできない。前の人のペースに合わせてついていくしかなかった。

コロナが流行してから、私は家の外では何にも手を触れることがなかった。しかし、今度ばかりはそんなことを言っていられない。三十数段登った後は、両手で手すりにしがみついて、一段一段踏みしめるように登った。夫は後ろで私を支えていた。登るのは、それほど大変だったけれども、やはり教会の塔の上まで登ってよかったと思った。教会のてっぺんから見る風景は、真に広々として美しく、忘れ難いものだった。ここはヨークで最も高い所であり、三百六十度ヨーク全体の風景が見渡せた。

同じ回に登頂した者同士ということで、何か特別な親近感が湧くのかもしれない。一人で参加していた西洋人が、うれしそうに私たちにこう呼びかけてくれた。「こっちに来て見てみて！　携帯を外に出すと、側面の双子尖塔の写真が撮れるよ！」私たちも興奮して彼の指す方向を眺めると、確かに彼の言うとおりで、そんな風にしない限り、外側の双子尖塔は全く視界に入らないようになっていた。私たちが彼にお礼を言うと、彼も満足そうにその場を離れ、次の方角の風景を鑑賞していた。

味道啊！約克的居民們，好友善啊！約克所有的一切，都讓人不想離開啊！

我們還是得回歸現實，坐上了回倫敦的火車。

英国に来る前には、西洋人はアジア人が嫌いだ、という話を聞いたり、ネットで見たりしていた。もちろん、C先生は東方文化を愛好される餘り、私たちにも大変に良くして下さっているが。しかし、今回私たちは、英国の三つの都市いずれにおいても、非常に友好的な人たちに巡り合った。

三十分ほど経つと、塔の上はどんどん人が少なくなってきたので、私たちもそろそろ下りなければならないのだと分かった。

私たちは最後に残った観光客だったらしく、一階まで下りた時には、一階で見学していた観光客たちの姿は既に無く、スタッフが私たちに記念品売り場から退出するよう案内してくれた。私たちの電車は六時だったから、午前中来た時のようにゆっくり散歩している訳にはいかず、急いで駅に戻らなければならなかった。

だけど、だけど。夕陽でキラキラ光るウーズ川の、何と美しいことでしょう！　素朴な古い街並みは、何と情緒豊かなのでしょう！　ヨークの土地の人たちは、何と友好的なのでしょう！　ヨークのあらゆる全てを、私は手放したくなかった。

それでも現実に帰らねばならない私たちは、ロンドンに帰る電車に乗り込んだ。

牛津

在海德公園散步的隔天早上，我們準時在十點退了房。

前一天晚上，我們在帕丁頓車站買了到牛津的火車票。英國非常有趣的是，只要提前買票，不管去哪裏，一定都比當天買票要來得便宜。搭火車從倫敦到牛津，大約是一個半小時。

其他北京大學的好友們都到S學院。放好行李，C老師帶我們去學院附近吃中飯。吃的是中餐廳。沒想到英國的中華料理這麼貴，不論是回鍋肉、麻婆豆腐……，每道菜都要二十英鎊以上。我們對C老師感到很不好意思。

吃完中飯，C老師首先帶我們去「潘迪生牛津大學中國中心」參觀。

オックスフォード

ハイド・パークを散歩した次の朝、私たちは十時丁度にチェックアウトした。

前の晩に、私たちはパディントン駅でオックスフォード行きの切符を買っておいた。英国が面白いのは、どこに行くにしても、予約で切符を買うと、当日買うよりも必ず安いことだ。電車でロンドンからオックスフォードまでは、約一時間半だ。

私たち以外の北京大学の友人たちは、皆S学院に着いていた。荷物を置くと、C先生が私たちを学院近くに連れ出して、昼食を振舞ってくれた。中華料理の店だった。英国の中華料理は、予想をはるかに超えて高価で、回鍋肉だろうが麻婆豆腐だろうが、どの料理も二十ポンド以上していたから、私たちはC先生に申し訳ない気がした。

昼食後、C先生は私たちを連れて先ずオックスフォードの「チャイナ・センター」を見学させてくれた。その後、オックスフォード大学公園に散歩に行った。私たちはテムズ川の支流であるチャーウェル川の畔を歩いた。ハイド・パークのような広さは無かったが、これも非常に気持ちの良い公園だった。C先生によれば、英国の八月は、暑くないどころか、

接著到牛津大學公園散步。我們沿著泰晤士河的支流River Cherwell走著，雖然沒有海德公園來得大，卻也是一個非常舒服宜人的公園。C老師說，八月是英國一年當中最舒服的氣候。不僅不熱，打開窗戶，還會有徐徐的涼風吹來。確實，不論在倫敦、約克或是在牛津，都給我們這樣的感受。

我們經過一片草地，八、九個穿著白色球衣的五、六十歲的男女在打網球。有人揮揮手叫C老師的名字，是他的同事。C老師與同事寒暄，並介紹我們是來參加研討會的，吃完飯來這裏散步。

大約到了四點左右，C老師帶我們到他們的院士休息室喝水，稍事休息。接著往晚餐的餐廳走去，Z老師會在那裏與我們會合。

這天晚上吃的是英國小酒館，有點類似日本的居酒屋。C老師與Z老師大力推薦的正是英國的名菜「炸魚薯條」(Fish and chips)。這是由白肉魚（主要是鱈魚）裹上麵糊，經過油炸而成，每家餐廳的做法大同小異，就是看炸的火候與時間。北大的好友們都點了各自想吃的食物，我與外子，聽從了兩位老師的建議，共同點了這道菜。果然兩位老師推薦得不錯，我們嚐

窓を開ければ涼しい風も入って来るので、一年の中で気候が一番快適であるらしい。私たちは、ロンドン・ヨーク・オックスフォードのいずれにおいても、正に快適な気候と感じた。その中の一人が手を振ってC先生の名前を呼んだ。C先生の同僚で、C先生は彼と挨拶を交わし、私たちのことを学会参加者で、食事の後の散歩に来ている、と紹介していた。
広い芝地を通ると、白い運動着を来た五六十歳の男女が八九人、テニスをしていた。そ

大よそ四時頃、C先生は私たちを学院の院士休憩室に案内してくれて、私たちは飲み物を頂いて休憩した。その後は夕食のレストランに行くことになっており、Z先生はそこで私たちと合流する予定だ。

この日の夕食は英国式の居酒屋で、少し日本の居酒屋に似た感じも有った。C先生とZ先生のお薦めは、英国名物フィッシュ&チップス。白身の魚（主に鱈）に衣を着けて揚げたもので、どの店も基本は変わらないが、火加減と揚げ時間で出来上がりが異なる。北京大の友人たちは、それぞれ好きなものを注文していたが、私と夫はお二人の先生のお薦めに従って、二人ともこれを頼んだ。お二人の先生のお薦めは大当たりで、私たちは一口食べてその美味しさに驚いた。「やっぱり英国に来たら英国の食べ物を食べるべきよね」と、私は夫にささやいた。

了一口，感到驚為天人。「在英國還是該吃英國的食物。」我小聲地對外子說。

我們回東京後，有天外子興沖沖地帶著炸魚薯條回來，他說在澀谷的百貨公司裏發現了這家店。而且這家店的炸魚薯條是經過英國認證的。「好吃對吧？不過冷掉了。下次我們直接到店裏吃。」外子像挖到寶地說。「味道真的非常像英國吃到的炸魚薯條！」回東京後我們都對英國念念不忘。

第二天，我們七點就起床。有陽光，也有涼涼的微風，今天又是一個好天氣。我們在宿舍附近散步。從我們身邊經過的學校老師親切地和我們道早安，我們也禮貌地回禮。外子覺得這個環境真是太好了，氣候好，生活步調適合做研究。

八點準時到餐廳吃早餐。早餐雖然是自助式的，但是由工作人員為我們服務。我們要了燉豆子、英式培根、蘑菇、炸馬鈴薯塊，一個可頌、一片黑麥麵包、一小盒優格、一盤水果。很像我們在約克火車上吃的英式早

東京に帰ってからのある日、夫がうれしそうにフィッシュ&チップスを持って帰って来た。渋谷のデパートに入っている店で、その店のフィッシュ&チップスは英国の認証を受けているという。夫は何だか得意げに「美味しいでしょう？　冷めちゃってるけど。今度は、店に食べに行こう」と言った。「味が本当に英国で食べたフィッシュ&チップスに似てるね。」東京に戻ってからも、私たちは英国のことが忘れられなかった。

次の日は、七時に起床した。陽が差して、涼しいそよ風が吹いて、今日も大変に良い天気だ。私たちは宿泊所の周辺を散歩した。私たちの傍を通り過ぎる学校の先生たちは、皆親しげに「おはよう」と声をかけてくれ、私たちも丁寧に挨拶した。夫は、ここは気候も良く、生活のリズムも研究に適していて、素晴らしい環境だ、と感じていた。

八時丁度に食堂に朝食を食べに行った。朝食は自分で選ぶ形式だったが、食堂の職員が取り分けてくれた。私たちは煮豆、英国式ベーコン、マッシュルーム、ハッシュドポテトにクロワッサン一つとライ麦パンを一つ、小さなカップ入りヨーグルトと果物を一皿貰った。ヨーク行きの電車で食べた英国式朝食によく似ていたから、英国式の朝食はどこでもこういうものなのかもしれない。

C先生は皆さん気楽に、英国に夏休みで遊びに来たつもりで、と言ってくれたし、夫も

餐，或許標準的英式早餐就是如此。

雖然C老師說大家放輕鬆，當作來英國度假就好。外子也不斷開導我不用太認真，但那是對英文好的人來說，是這樣沒錯。我這種英文糟透頂的，怎麼可以這麼鬆懈？前年在網上參加時，那可是我準備了一個多月，才在宣讀完後，獲得C老師「Good job !」的稱讚。

我開始後悔在東京只忙著準備要到哪裏吃飯，要到哪裏玩。也後悔在倫敦太放鬆了。於是，與外子兩人，從一早開始就躲在房裏改稿、練稿。連C老師約我們出去吃飯都婉拒了。唯一慶幸的是，在日本已經準備好我的PPT。

我們的會議在到達牛津的第三天早上開始，我和外子是下午場。這次的研討會比起二〇二一年的規模要小得多，但是大家沒有因為規模小而隨意，都非常認真專注介紹自己的研究。外子一如往常，神態自若地介紹他的研究，接著該我發表，除了PPT，其實我都還沒準備好，說

ずっと私に、真面目に考えないように、と言い続けていた。それは、英語ができる人にとっては、それでよいかもしれないが、私のように英語がまるで駄目な人間にとっては、心配するなと言われても無理な話だ。二年前にオンラインの学会に出た時は、一か月以上も練習して、読み上げ終わった後に何とかC先生から「Good job !」と褒めてもらったぐらいだ。

私は、東京に居る間、どこに行って食事するか、どこに行って遊ぶかばかり考えていたことを後悔した。ロンドンに来てからのんびりしすぎたことも悔やまれた。そこで、夫と二人、朝から部屋に籠って原稿に手を入れ、読み上げる練習をした。C先生が食事に誘って下さったのも、それとなくお断りした。私のＰＰＴが日本に居る間に完成していたことだけが、唯一の救いだった。

私たちの学会は、オックスフォードに着いた翌々日の朝から始まり、私と夫は午後の部だった。

今回の学会は、二〇二一年のものに比べるとずっと小規模だったが、それでも小規模だからいい加減ということはなく、皆とても真剣にそれぞれの研究を紹介していた。夫もいつもどおり、落ち着いた様子で自分の研究を紹介し、次に私の番となった。私は、ＰＰＴ以外は全く準備ができておらず、よく分からない英語を話しながら、二十分が早く終わっ

著彆腳英文，盼望二十分鐘快快過去。幸虧C老師與我們相識多年，他幫我向其他老師說明我的研究。其實說是「研究」，自從生病後，我已經沒有餘裕寫學術文章了。只能將近十年來對朱熹以及他的弟子楊復的禮學研究做一整理而已。會後，來自香港的老師告訴我，從我的PPT完全能理解我做的研究。（感覺潛臺詞應該是：雖然你的英文我都聽不懂。）

晚上我們在離會場大約十五分鐘距離的BROWNS餐廳用餐。這有點像是每個學術會議都有的歡迎與會人士餐會。

外子和我又點了炸魚薯條。雖然跟前天的炸魚薯條外觀不同，但是一樣非常美味。另一份是海鮮派加一碗青豌豆。飯後甜點外子和我合點了一份上面有香草冰淇淋的布朗尼蛋糕。

我們與北大的好友們吃完後先行離開。讓牛津的老師們自在地聊天。走出了餐廳，我們沿著路往宿舍走。沒多久，外子把我叫住：「妳看，這是有關盤尼西林第一次使用的說明牌匾。」我們停留的地方，是離餐廳

てくれることを待ち望んでいた。幸いC先生は私たちとは長いお附き合いなので、私に代わって他の先生方に私の研究を説明してくれた。「研究」と言っても、病気になってからの私には、学術論文を書くような餘裕は既に無く、この十年ばかり朱子とその弟子楊復の礼学について研究してきたことを整理してみたに過ぎない。終了後、香港から来ていた先生が、PPTで私の研究がよく理解できた、と言ってくれた。（言葉の裏の意味は、「あなたの話す英語は理解不能だったが」ということだろう。）

その夜、私たちは会場から歩いて十五分程の所に在るレストランBROWNSで食事をした。この食事は、学会には付き物の歓迎食事会に似ていた。

夫と私は、ここでもフィッシュ&チップスを一つ頼んだ。前々日のものと見た目は違っていたが、同様に非常に美味しかった。もう一つは、シーフード・パイに豌豆を添えたものを頼んだ。食後のデザートは、夫と私二人で、バニラアイスが乗ったブラウニーを一つ頼んだ。

私たちと北京大の友人たちは、食べ終わると先に店を離れた。後は、オックスフォードの先生たちだけで、自由にお話してもらえばよい。

レストランを出てから、通り沿いに宿泊所まで歩いた。歩き出して暫くすると、夫が私

大約十棟建築物的「拉德克利夫初級保健健康科學大樓」，藍色圓形牌匾上寫著「一九四一年二月十二日，第一種抗生素在前拉德克利夫（Radcliffe）門診大樓首次用於治療感染◆」。「好棒啊，我最喜歡的日劇《仁醫》也是圍繞著盤尼西林治療的事作為戲劇的發展。真是好巧。」我對英國的印象越來越好了。

第二天，會議結束。我們吃了會議組幫我們準備的自助午餐。所有的人都互道珍重，就像許多的研討會一樣，各自回到自己的生活，很可能大部分的人都不會再見面。

下午，在北京的朋友們約我們在牛津的校園逛逛，已經報告完了，開始有心情到處走走。

◆牛津郡藍牌委員會成立於一九九九年，是時任牛津郡中尉 Hugo Brunner 爵士和牛津公民協會主席 Edwin Townsend-Coles 的創意。該委員會是一個自治的志願機構，其成員來自全縣的文化組織和地方政府。它在牛津和牛津郡的建築物上授予並安裝藍色牌匾，以紀念非常傑出的居民，偶爾也紀念歷史事件。

を呼び止めた。「見て見て。ペニシリンが始めて使われたって書いてある。」私たちが立ち止まったのは、レストランから十軒目ほどの建物である「Radcliffe Primary Care Health Sciences Building」で、青い丸い額のようなものに「一九四一年二月十二日、初めての抗生物質が旧ラドクリフ病院外来棟で始めて感染症治療の為に使われた」と書いてあった。◆「すごいすごい、私の一番好きな日本のテレビドラマ『仁』も、ペニシリン治療に関する話で筋が展開してた。何という偶然！」英国に対する印象は、ますます良くなっていった。

その次の日で、学会は終わりとなった。私たちは学会で準備してくれたバイキングの昼食を摂った。全ての参加者が、お互いにお別れの挨拶をし、他の多くの学会がそうであるように、皆それぞれ自分の生活に帰っていった。大部分の人は、二度と会う機会も無いことだろう。

午後は、北京の友人たちに誘われて、オックスフォードの中を見て回った。学会報告が

◆オックスフォード Blue Plaques 委員会は、当時のオックスフォード郡中尉 Hugo Brunner とオックスフォード市民協会主席 Edwin Townsend-Coles の発案で、一九九九年に発足した。この委員会は自治的なボランティア組織で、構成員は全県の文化組織と地方政府から出されている。委員会は、オックスフォードとオックスフォード郡の建物に青い円盤額を掲げて、オックスフォードの傑出した人物や歴史事件を紀念している。

想想在英國的十一天，我們去的地方其實很少，網上推薦必去的市集、妹妹寫在行程上數家印度咖哩餐廳、咖啡廳、下午茶餐廳，我們都沒去。

忽然覺得我們兩人這個也不敢玩，那個也不看，怕人多，不善交際，不好奇，真不像個觀光客。說是參加會議，卻又準備不足，也不像個學者。

回到日本，這趟英國行，對我們兩人來說像做夢一般。短短的十一天，已經夠我們喜愛上英國了。

我說：「我想要好好地學習歐洲史。」

外子說：「我想要學好英語。」

終わったので、ようやくあちこち見て回る気になれた。

思い返せば、英国滞在の十一日間、私たちが行った場所は実は非常に少ない。ネット上で必ず行くべきと言われているマーケットや、妹が行程表に書いておいてくれたインドカレーの店や喫茶店や、アフタヌーンティーの店など、私たちはどれも行っていない。

私たち二人は、ここも遊びに行く気がしない、あそこも見に行かない、人が多いのが苦手、人付き合いが下手で、好奇心も弱い、という具合で、全く観光客らしくない、と思えてきた。かといって、学会参加とは言いながら、ろくな準備もしておらず、学者らしくもない。

日本に戻ってから思えば、今回の英国行きは、私たち二人にとってはまるで夢を見ていたようであった。わずか十一日ではあったが、私たちが英国を好きになるには十分な時間だった。

私は、「ヨーロッパの歴史をちゃんと勉強したいな」と言った。

夫は、「僕は英語をちゃんと勉強したいな」と言った。

第二部

闘病記／闘病記

《仁醫》

自二〇一七年確診乳癌三期以來，明明是讀文科的我，卻不斷地在夢裏計算理科的公式，而且都是我沒看過的公式。夢中，一直有個念頭出現，彷彿將這些公式解開了，我就可以擺脫癌症的枷鎖。但想也知道，我根本解不出來。也曾夢過這一切都只是夢境，醒來時我還是身體很健康的我。一樣沒有實現。

會如此沮喪，倒不是因為「為什麼是我？」只是對身體健康擁有信心的自己嚇到了，這是一種被自己深深背叛的感覺。

每當要上研究生課的前一天，我都會備課到深夜。這天晚上，一如往常備課，一邊用耳機聽日本TBS電視臺六十周年的開臺大戲《仁醫》的配樂，只有音樂，不知道是不是二胡的聲音，聽起來特別有味道，沒有人

『仁』

二〇一七年に乳癌第三期と診断されてから、文科系の私が、見たことも無い理科の数式を計算する夢を何度も見た。夢の中では、この数式が解けたら私は癌の患いから逃れられるかのような気がずっとしているのだが、当然のことに私には解くことができない。今の状況は全て夢で、目が覚めたら健康そのものの私に戻っているという夢も見た。もちろん、そんなことは起こらなかった。

これほど落ち込んだのは、「どうして私が?」という気持ちからではない。ただ、健康には自信が有った自分が驚いて我を失い、根底から自分に裏切られたというような感じがしていた。

大学院の授業の前の日は、いつも深夜まで講義の準備をしていた。その夜も、普段と同様に講義の準備をしていた。ヘッドフォンで日本のＴＢＳ開局六十周年記念ドラマ『仁』の音楽を聴きながら。音楽だけで、二胡か何かの楽器の音が特に味が有って、歌は無いも

唱歌。那時候，我非常喜歡這部連續劇，還有這首曲子，幾乎天天聽。

這天，忽然在曲子的中間，我聽到一聲非常清晰的尖叫聲，是平常沒有的。深夜兩點多，家中只有我一人。我感到毛骨悚然，直冒冷汗。但仍然鼓起勇氣，再倒回去聽一次、兩次……，那聲尖叫卻再也沒有出現。

我直覺這是一種警訊。不是怪力亂神。

我的身體一直很好。一年也大約只感冒一次，而且兩三天就好。四十歲之前，我沒有近視。研究所同學甚至質疑我：「妳是不是沒有認真在讀書，為什麼都沒有近視。」只是四十歲那年，老花來找我了。眼科醫師說：「妳這樣已經是非常幸福了，四十歲以前都不用戴眼鏡，會被多少人羨慕？」

碩士班時，有一天，父親讓我爬上高腳板凳，幫忙換客廳壞掉的燈。我才剛站上板凳，接過父親手中待換的燈泡，沒想到一個站不穩，我從板凳上摔了下來，不偏不倚地跌在客廳的大茶几，把木頭材質的茶几摔出一

のだ。その頃、私はこのドラマが大変気に入っていて、この曲も殆ど毎日聞いていた。

この日、音楽の途中で、突然非常に鋭い叫び声が聞こえた。普段はそんな音はしていない。深夜二時過ぎで、家の中には私一人。私は恐怖で、冷や汗が止まらなかった。それでも勇気を奮い起こして巻き戻して聞き直し、更に聞き直してみても、あの叫び声は二度と聞こえることがなかった。

直感的に、これは何かの警告なのだと思った。心霊現象などではない。


私はずっと身体が丈夫だった。一年に一度風邪を引くぐらいで、それも二三日で治ってしまうようなものだった。四十歳になるまでは、近視も無かった。大学院の学生仲間からは、「近視じゃないなんて、ちゃんと勉強してないんじゃないの？」と疑われた。しかし、四十歳の年に、老眼になってしまった。眼科医は「あなたはもう充分幸せですよ。四十歳まで眼鏡が要らなかったなんて、羨ましいと思う人がどれだけ居るか分かりませんよ」と言った。

修士課程の院生だった頃、ある日、父に言われてリビングルームの駄目になった電球を交換した。高めの腰掛の上に立ち上がって、父の手から新しい電球を受け取ったかと思う

道裂縫。當下我痛得大叫，第二天去醫院照了X光，醫師說：「沒事喔，骨頭好好的。沒裂。」妹妹說，我簡直是壯得像頭牛。

我也以為是這樣。

三年前洗澡時摸到左胸有小小的球形硬塊。趁著寒假回臺灣，我馬上去A醫院檢查，但是年輕的代班醫師說超音波機器上沒有看到什麼。「如果還有疑慮，下週S醫師看診時，妳再告訴他。」年輕的代班醫師說。

又過了一週，看診的除了上週的代班醫師、還有原本要幫我看診的S醫師。S醫師觸診後說：「確實有一顆，但是非常非常小。」他再看看之前照的超音波結果，說：「大概不到零點六公分。一般來說是沒有問題的。如果妳擔心的話，可以做細針穿刺，不過要住院一天。」那時候的我，覺得我怎麼可能得乳癌，我們家也沒有這個遺傳。婉拒了S醫師的提議。結束了診療，代班醫師說：「妳每半年還是應該要做一次檢查。」我答應了她。

や、足がふらついて椅子から転落し、リビングルームのソファーテーブルの真上に落ち、木製のテーブル面板には亀裂が入った。私も痛みに大声を上げたが、次の日病院に行ってX線写真を撮ると、医者から「大丈夫、骨は異常無し、ヒビは入ってない」と言われた。妹は、私の頑丈さは牛並みだ、と言っていた。

私自身もそう思っていた。

三年前、シャワーを浴びている時に、左胸に小さな丸いしこりが有るのに気づいた。冬休みで台湾に帰った時に、直ぐにA病院に行って検査を受けた。しかし、代診の若い医師は、超音波では何も見られないと言った。「不安があれば、来週S先生が診察される時にS先生に診てもらってください」と、その代診の若い医師は言った。

一週間が過ぎて、先週の代診の医師の他に、本来私を診てくれるはずだったS医師も診察してくれた。S医師は触診した後に、「確かにしこりが有りますが、とても小さいです」と言った。それから、前に撮った超音波写真を見て「大体六ミリ以下ですね。一般的には問題ありません。心配であれば、細い針で穿刺もできますが、その場合は一日入院が必要になります」と言った。その時の私は、家族にもそのような遺伝は無いから、自分が乳癌

接著，我到日本京都大學做了十個月的交流學者。

不過，每半年，我還是回臺灣做了檢查。只是換了一家在臺北的B醫院。檢查完，醫師說：「沒有問題。如果身體不舒服，要馬上回來喔。」我說好。連續三個半年，醫師都跟我說同樣的話。即使每次都覺得那個硬塊好像變大了，聽醫師這麼說，我也不以為意。因為，我的身體這麼好。

接著，就是聽到配樂裏有尖叫聲。第二天，我馬上在網上掛號。

從北京到東京與外子會合後，我們回到了臺北。在預約那天到了B醫院。

原本我們還心情輕鬆地等待叫號。當我們進診間時，醫師拿著我幾十分鐘前照的超音波結果，臉色凝重地說：「你們先留下來，等我看完診，

にかかるはずはないと思っていたから、S医師の提案はお断りした。診察が終わると、代診の医師が「半年ごとに検査をしてください」と言い、私は彼女に分かりましたと答えた。その後、私は日本の京都大学に行って、訪問学者として十か月間滞在した。それでも、半年ごとには、台湾に帰って検査を受けていた。ただ、今回は台北のB病院で検査を受けた。検査が終わると、医師が「大丈夫です。何か体調がおかしかったら、直ぐに戻って来てくださいよ」と言い、私はわかりましたと答えた。半年ごとが続けて三回、医師は皆私に同じようなことを言っていた。毎回そのしこりが大きくなっていると思っていたが、医師たちがそう言うのだから、私も気にしていなかった。何故なら、私は健康そのものだったから。

その後だった、私がドラマの音楽の中で叫び声を聞いたのは。次の日、私は直ぐにオンラインで検査の予約をした。

北京から東京に行って夫と合流してから、二人で台北に戻り、予約した日にB病院に行った。

我要幫妳做粗針穿刺。」受醫師的表情影響，我和外子都能感到事態不樂觀。

做完穿刺，醫師說要等一個星期結果才會出來。「那不是很折磨人嗎」我心裏想。我們詢問能否早點知道結果。醫師通融答應了。幾天後，我們又到了醫師的門診，醫師說：「應該是乳癌，五公分，第二期。不過還是要看病理醫師的判讀結果。」啊？為什麼從一年半前的沒事，一下子變成第二期這麼嚴重？我先打電話給妹妹，通常這個時候應該是哭得死去活來，但我沒有。妹妹都哭出來了，說：「你為什麼這麼冷靜？都是你啦，從以前就一直說妳不要活太久。現在開始要說妳要活到一百歲啦。」妹妹比我還要激動。「妳幫我跟媽媽說，我不敢跟媽媽說話，怕她會哭出來。」「總之，就算是乳癌，也不要在那家醫院開刀。」外子在身邊好像還沒反應過來，因為臺灣對外子來說是個非常陌生的國度。

粗針穿刺一週後，病理報告終於出來了。在等待的那段時間，我和外

その時私たちはまだ、気楽な気持ちで順番が呼ばれるのを待っていた。診察室に入ると、医師は数十分前に撮った私の超音波写真を手にしながら、重苦しい表情で「ちょっと待っていて下さい。診察が終わってから、太い針の穿刺をしましょう」と言った。医師の表情を見て、私と夫も事態が深刻であることが分かった。

穿刺が終わると、医師は結果が出るのは一週間後だと言う。「それでは拷問のようなものだ」と思い、もう少し早めに結果を教えてもらえないかと訊くと、医師が早めの日にしてくれた。数日後、又その医師の診察室に行くと、医師は言った。「恐らく乳癌です。五センチ、第二期ですね。まあ、最終的には病理の先生の判断を待たなければなりませんが。」えっ？　一年半前に何ともなかったものが、どうして一気に第二期まで悪くなってしまっているのか？　私はまず妹に電話をかけた。こんな時、普通なら泣いて取り乱すところだが、私はそうはならなかった。妹は泣き出して、「あなたはどうしてそんなに落ち着いていられるの？　あなたのせいよ、ずっと長生きしたくないなんて言ってたから。これからは、百歳まで生きるって言わなきゃ駄目」と、私よりも動転していた。「お母さんには、あなたから知らせておいて。私が言うと、お母さん泣いちゃうだろうから。」「とにかく、乳癌だとしても、その病院で手術受けたりしちゃあ駄目だわ。」夫は直ぐ傍に居たが、

子兩人如坐針氈。心理的折磨到達了最高點，想像著各種糟糕的情況。

與此同時，妹妹建議我們換一間熟悉的醫院，於是請表姊介紹。表姊很快地回覆我：「C醫院的C醫師。」C醫師的診非常難掛到號，即使掛到了，他的病人也都是八、九十人。有點慶幸自己是初診，可以在網上預約。

病理結果出來了。醫師說檢查結果是「癌前病變」。要趕緊處理。我們婉轉地告訴醫師我們要轉院：「不是醫師不好，是因為那間醫院有我們認識的醫師，家人比較安心。」B醫院的醫師馬上說：「沒有問題。」於是，帶著在B醫院所有的病歷，我們到了C醫師的醫院。

又重新做了超音波檢查。C醫師說：「七公分，第三期。」

老天爺果然沒有太眷顧我。

於是，我展開一系列的治療。我的HER 2是陽性，除了化療，要加打標靶賀癌平（Herceptin）。雖然HER 2過度表現很不妙，容易復發、轉移，

状況がよく呑み込めていないようだった。夫にとって、台湾は全く馴染みの無い場所だったから。

太い針の穿刺から一週間後、病理報告がようやく出てきた。結果が出るまでの間、私と夫の二人は、針の筵に座っているようだった。心理的圧力は極点に達し、悲惨な状況が様々に想像された。

その間、妹が私たちに内情の分かる病院に移るように勧めるので、従姉に紹介してくれるよう頼んだ。従姉は直ぐに「C病院のC先生」と返事をくれた。C先生に診てもらうのは中々大変で、予約が取れたとしても、患者が八九十人も居る。私は初診だったので、オンラインで予約が出来たのは幸いだった。

病理の結果が出た。医師によれば、検査結果は「前癌病変」で、直ぐに処置が必要だと言う。

私たちは医師に婉曲に転院の希望を伝えた。「先生の問題ではなく、あちらの病院に知り合いの医師が居るので、家族が安心できるので。」B病院の医師は直ぐに「問題ありません」と答えた。そこで、B病院での全ての資料を持って、C医師の病院に行った。

但是賀癌平可以有效抑制癌症細胞的生長。治療期間，我上網找到有關賀癌平的故事電影，醫師的不肯放棄、多方奔走，贊助者的幫助，才成就這個偉大的發明。

C醫師說我的腋下淋巴也感染了，「可以」申請重大傷病卡，用健保來打標靶。原本身體這麼健康的我，一下子變成領重大傷病卡的人，雖然可以省下一大筆錢，但心中不知道該高興還是哀傷。

C醫師是臺灣知名的乳癌專家，他的超音波判讀技術，比電腦斷層掃描還準確。病人們都非常信任他。因為他的病人非常多，醫院幫他準備了兩個診間，單號的病人看一間，雙號的病人看一間。在助理們的天衣無縫的配合下，C醫師雖然看的病人多（通常是早上的診卻看診到晚上才結束），病人們雖偶有怨言，但也能體諒C醫師，因為大家都知道C醫師與助理們常常為了病人們而錯過了吃午、晚餐的時間。他看起來相當嚴肅，其實是關心病人的好醫師。助理們也不畏懼他，在病人面前和C醫師開玩

そこでもう一度超音波検査を受けた。C医師は「七センチ、第三期です」と言った。神様は、私を護ってくれていなかった。

そこから、各種の治療が始まった。私の場合はHER２陽性だったので、抗癌剤の他にハーセプチンも投与された。HER２過剰発現はよくない状況で、再発や転移を起こしやすいが、ハーセプチンが癌細胞の成長を有効に抑制してくれる。治療期間中に、ネット上でハーセプチンの物語の映画を見つけた。この偉大な発明は、医師が諦めずに奔走努力し、それを支援する人たちが居て、それで始めて実現したものだった。

C医師からは、私は腋下リンパにも転移が有るので、重大傷病者カードを申請「できる」から、健康保険で分子標的薬が使える、と説明された。もともと健康そのものだった私が、一気に重大傷病者カード保持者となる。それによって高額な医療費が免除されるのだが、喜ぶべきなのか悲しむべきなのか分からなかった。

C医師は台湾では著名な乳癌の専門家で、C医師の超音波判読は、CTよりも精確で、患者たちから深く信頼されていた。C医師の患者が非常に多いので、病院もC医師の為に診察室を二つ用意し、受付番号が奇数の患者はこちら、偶数の患者はこちら、と振り分けて診察していた。助手さんたちの連携協力も非常にスムーズで、C医師は患者が多かった

笑，都只是想讓我們放鬆心情。

治療了半年，腫瘤雖然明顯縮小，只是沒有完全消失。C醫師決定要開刀。那是二〇一八年初的事。

一放寒假，外子就從日本來臺灣，陪我到寒假結束，開完刀後，接著還有另一波的治療，外子趕回東京上課。我則從二〇一七年的暑假起向系上請了病假。系上對我非常好，讓我養了三年病，直到合同自動失效。

開完刀，除了電療，又做了半年的標靶治療。C醫師說，今後可以正常過生活了。於是，我回到了東京。外子在吉祥寺租了一間公寓讓我養病，就在井之頭公園唯一看得到的白色公寓。這一年，外子回北京大學演講，我們順道去住了近七年（外子共住了十二年）的宿舍收拾東西。接著COVID 19盛行全世界，我們再也沒回去過。

（午前の診察でも、診終わるのはいつも夜になっていた）が、患者たちは偶に不満を漏らすことは有っても、C医師に不満を持つことは無かった。C医師と助手さんたちが、患者を診るために、しょっちゅう昼食・夕食を摂る時間も無くなっていることを理解していたからだ。C医師は、一見すると恐そうだが、実際には患者思いの良い先生だった。助手さんたちもC医師の前で畏まったりせず、私たち患者の気持ちを楽にさせようと、患者の目の前でC医師に冗談を言ったりしていた。

半年間の治療を受けて、腫瘍は目に見えて小さくなったが、完全に無くなることはなかった。そこでC医師は、手術することを決めた。二〇一八年の年初のことだった。

夫は冬休みになると直ぐに日本から台湾に来て、冬休みが終わるまで一緒に居てくれた。手術の後、更に治療が必要だったが、夫は東京に戻って授業をしなければならなかった。私の方は、所属学部に、二〇一七年の夏休みからの病気休暇を申請した。学部は私には本当に良くしてくれて、契約が切れるまでの三年間、病気療養を認めてくれた。

手術の後、放射線治療の他に、分子標的薬の投与を半年間受けた。C先生は、今後は普通に生活してよい、と言ってくれた。そこで、私は東京に戻って来た。夫は私の療養の為に、吉祥寺にマンションを借りてくれた。井の頭公園で唯一見える白いマンションだ。こ

這樣平靜過了兩年。外子的年資，可以申請學術假。他打算到臺灣花蓮的東華大學交流。因為冬天福島太冷，六年前，我們為了讓福島的公公婆婆來臺灣過冬，在花蓮買了一間公寓，可以看海，氣候也不錯。除了那年寒假我們與公公婆婆住了一個月之後，一直以來都沒有家人長住，感覺有些可惜。

因為 COVID 19 的關係，回臺灣經歷了些波折，最後，外子是用依親而不是學術簽證回到臺灣。

終於，在二〇二〇年四月，我們回到了臺灣。

每天早上，外子開著買來的二手車，我們帶著中午的便當，一同去學校讀書，過著非常愜意的生活。

那是八月的事情。我一直乾咳。我從來沒有這樣子沒緣由的咳過，懷

の年、夫は北京大学に戻って講演をしたが、私たちはそのついでに七年間（夫は十二年間）住んだ官舎に泊まって、荷物を片付けた。その後、コロナが世界中に流行することになり、私たちがその官舎に戻る機会は二度と無かった。

こうして、二年が無事に過ぎた。夫の勤続年数は、研究休暇が申請できる条件を満たし、夫は台湾の花蓮に在る東華大学に訪問学者として行くことを考えた。冬の福島は寒さが厳しいので、六年前に私たちは福島の義父母に台湾で冬を過ごしてもらう為、花蓮にマンションを買っていた。海が見えて、気候も良い所だったが、その年の冬休みに義父母に一か月泊まってもらった後は、他の家族も長期で住むことが無く、勿体ないと思っていたのだ。コロナの関係で、台湾に帰る手続きは中々大変だった。最終的に、夫は学術交流ではなく配偶者ビザで台湾に帰ることになった。

ようやく私たちが台湾に戻れたのは、二〇二〇年四月のことだった。

毎朝、中古で買った車を夫が運転し、二人でお昼のお弁当を持って一緒に学校に行って勉強するという、非常に快適な日々を送っていた。

八月のことだ。私は空咳が止まらなくなった。私はそれまで、そんな風に理由も無く咳

疑自己是不是轉移了。醫師們都告訴我沒事，先吃藥看看。還是沒效。最後，耳鼻喉科醫師建議我去看胸腔科。

花蓮M醫院的胸腔科醫師幫我照了X光片，說：「妳看，這個小白點，我覺得有點問題。」我問：「醫師，是轉移嗎？」「我懷疑是，若要證實，還是要做更精密的檢查。」醫師才說完，我們兩人同時聽到後面有一聲巨響，一回頭，外子在後面昏倒了！

醫師趕緊請急診室推病床來，這時我完全忘了自己轉移的事情，一直叫著外子的名字。還在胸腔科診療間，外子就醒了。我聽到胸腔科醫師小小聲地告訴急診科醫師：「他是日本人。太太是臺灣人。剛剛聽到自己太太有可能是乳癌轉移，就昏倒了。」急診室醫師幫他做了各種檢查，幸好沒有什麼內、外傷。觀察了一兩個小時，就讓我們回家了。

外子說，聽到有可能是轉移，覺得太快了，我還這麼年輕，什麼都沒有享受到。聽到外子這麼說，我心裏深深感到愧疚。

我馬上聯絡C醫師的專科護理師。詢問她轉移還能治嗎？「當然可以。

をすることが無かったから、転移ではないかと疑った。医者たちは大丈夫といい、薬を呑んで様子を見ろと言ったが、効果が無かった。最後に、耳鼻科の医師が、胸腔科を受診することを勧めてくれた。

花蓮M病院の胸腔科医師は、私のX線写真を見て、「ここに小さな白い点が見えるでしょう。これは問題だと思います」と言った。私が「先生、転移ですか？」と訊くと、「そうだと思いますが、確認する為には精密検査が必要です。」医師の言葉が終わるや否や、医師と私の後ろでバタンと大きな音がした。振り返ると、夫が後ろで卒倒していた。

医師は急いで救急室に担架を持ってくるよう指示した。この時、私は自分の転移の事はすっかり忘れて、夫の名前を呼び続けた。胸腔科の診察室に居る間に、夫は気を取り戻した。胸腔科医師が小声で救急の医師に「この人は日本人。奥さんが台湾人で、さっき自分の奥さんが乳癌の転移だろうと聞いて卒倒しちゃった」と言うのが聞こえた。救急室の医師が色々と検査してくれたが、幸い夫は内傷も外傷も無かったので、一二時間観察してから、私たちを帰らせてくれた。

夫によると、転移だろうと聞いて、早すぎる、私はまだ若く、まだこれからという時なのに、と思ったそうだ。夫がこう言うのを聞いて、私はとても申し訳なく思った。

你快回臺北，來找C醫師。」她還非常貼心，預先幫我掛了號。

進了診間，C醫師問我：「還沒到回診的時間，妳怎麼來了？」我告訴他M醫院胸腔科醫師的疑慮。「橋本聽了還昏倒了。」我說。他馬上安排了檢查。

過了一週，結果出來了。C醫師指著診療床，對著外子說：「橋本，你先坐在這兒。我怕你又昏倒了。」雖然我知道C醫師這麼說，代表是結果不妙了，但不知道為什麼，當時的畫面頗具喜感。

回家的路上，我還跟外子說：「你有沒有覺得M醫院的胸腔科醫師好厲害？別人都看不出來，他光憑X光片就發現了。好像C醫師的超音波一樣厲害。」外子也有同感：「我也覺得是這樣。那個醫師真的太厲害了。」

我又開始化療了。而且是每週。

每次一打完針，我就像是被打敗的鹹蛋超人，要休息兩三天才能恢復。我也沒有辦法再做學術研究，注意力沒有辦法集中，也比較容易疲倦。

私は直ぐにC医師の専門看護師に連絡した。転移でも治療可能かと尋ねると、専門看護師は「もちろんできます。直ぐに台北に戻って、C医師に診てもらいなさい」と言って、親切にも診察の予約まで入れてくれた。

診察室に入ると、C医師が私に「定期診察の予定は随分先のはずだけど、どうしたの?」と訊いてきた。私はM病院の胸腔科医師の所見を伝え、「橋本はそれを聞いて卒倒しちゃいました」と言った。C医師は直ぐに検査を受けさせてくれた。一週間後、結果が出た。C医師は診察室のベッドを指さし、夫に向かって「橋本君、まあそこにお座り。又卒倒するといけないから。」C医師がこう言うということは、良くない結果だということが分かったが、この情景には得も言われぬ滑稽感が有った。

家への帰り道、私は夫に言った。「M病院の胸腔科の先生はすごいと思わない? 他の人は分からないのに、あの先生はX線写真見ただけで分かったのよ。C医師の超音波と同じぐらいすごいわ。」夫も同感だった。「僕もそう思う。あの先生は確かにすごいね。」

私は再び抗癌剤治療を受けることとなった。それも、今度は毎週だった。

点滴投与を受ける度、私は戦いに敗れたウルトラマンのように、二三日は立ち上がれなかった。精神を集中させることができず、非常に疲れやすくなってしまい、もう研究を続

當外子為期一年的學術交流到期，要回東京時，他陪著我去找C醫師，告訴他快開學了，必須要回日本。C醫師對他說：「橋本，你放心回去吧，我們都會好好照顧她的。」C醫師的病人這麼多，忙都忙不過來。聽到這句話，我和外子都非常地感動。

二〇二一年，疫情還沒結束。但是，治療要到什麼時候呢？我什麼時候才可以不用每天對著電腦螢幕和外子說話呢？外子是否有好好照顧自己呢？

又到了打針的星期四，我問：「C醫師，我可以回日本治療嗎？」C醫師回答我：「可以是可以，妳該做的治療與檢查都要做完喔。」

十一月中，我帶著所有的病歷，到了東京。在我回日本之前，外子多方打聽，在神奈川縣幫我找到腫瘤科X醫師。我們也與X醫師討論好接下

けることもできなかった。

夫の一年の研究休暇が終わって、東京に帰る時が近づき、夫は私と一緒にC医師に会いに行き、学期が始まるので日本に帰らねばならないと伝えた。C医師は夫に「橋本君、この人は私たちがちゃんと面倒みるから、安心してお帰り」と言ってくれた。C医師は患者が非常に多く、忙しくて目が回る程なのに、こんなことを言ってもらえて、私も夫も心から有難く思った。

二〇二一年、コロナはまだ収束していなかった。しかし、治療はいつまで続くのか？何時になったら毎日パソコンを通して夫と話をする状況から脱け出せるのか？夫はちゃんと生活できているだろうか？「C先生、私は日本に戻って治療を受けてもいいでしょうか？」と尋ねると、「それは構わないけど、やるべき治療と検査はちゃんと受けてからだよ」とC医師は答えた。

十一月中旬、私は全ての病歴資料を持って、東京に着いた。私が日本に戻る前に、夫は色々と情報を集めて、神奈川県の腫瘍内科のX医師を探しておいてくれた。私たちはX医

來的治療方針。

「X醫師堅持每個病人每次看診，都要有三十分鐘的問診時間，看得很仔細喔。」外子說。我相信外子，外子相信X醫師，所以我也相信X醫師。

但就在居家隔離結束沒多久，我感到極度不適，甚至有些暈眩。一天晚上，外子拜託救護車將我送進醫院。那是二〇二一年年底，全國人都忙著過聖誕節、過年的時候。每間醫院也都在準備放假。只有最少的人留守。好幾間醫院聽了外子的描述，都說即使送來了，很有可能也就是打點滴。最後，救護車將我們送到了離家四十分鐘車程的X醫師的醫院。

急診醫師幫我照了全身CT，並請X醫師來醫院一趟。第二天早上，醫師進了病房，對著我說：「是腦轉移。」我的情緒居然沒有很大的起伏，心裏想：「啊～～難怪。」（我曾經在網上看過乳癌腦轉移的徵狀）我不是

師と今後の治療方針を相談して決めた。

「X先生は一人の患者に三十分以上かけて問診するから、とても丁寧に診てくれる」と夫が言った。私は夫を信じており、その夫が信じているX医師なので、私もX医師を信じられた。

しかし、入境後の自宅隔離が終わってから間もなく、私は極度の体調不良となり、眩暈もするようになった。ある晩、夫が救急車を呼んだ。二〇二一年の年末、日本中がクリスマスとお正月で浮き立っていた頃だ。病院はどこも年末年始の休暇に入ろうとしており、最低限の当直人員しか居なかった。夫は何軒もの病院に連絡したが、夫の説明を聞くと、どの病院も、来てもらっても点滴を打つぐらいしかできない、という反応だった。最後は、救急車が私たちを、自宅から車で四十分もかかるX医師の病院に搬送してくれた。

救急担当の医師が全身のCTを撮ってくれ、X医師も病院に診に来てくれた。次の朝、医師が病室に来て、私に「脳転移です」と告げた。それを聞いた私は、意外にもあまり感情が動かず、「あ〜、なるほどそうだったか」（ネットで、乳癌脳転移の症状がどのようなものかは知っていた）と思った。怖いと思わないではなかったが、それよりも、もう夫と別れていたくない、と思っていた。

不知道害怕，只是不想再與外子分開。雖然前途有點堪慮，但至少我回來與外子相聚了。那時候疫情還未結束，家屬不能進醫院探望病人，只能站在病房外，打手機與病人聯繫。

後來外子說，當時醫師拿著片子跟他解說時，他看到腦部片子有一大片黑，心想這次或許真的沒辦法了。只聽到醫師說：「如果昏迷，要不要救？」外子說當時他無法思考，對著醫師說：「我得要問問本人。」我跟外子說不要救：「救下來只是靠機器維生，大家都會感到很痛苦。別憑著一時的感情用事而做了錯誤的判斷。」他如實地轉告了X醫師。

X醫師與腦科T醫師連繫好了。我每天早上從X醫師的醫院，到T醫師的醫院做電腦刀治療。做完再回醫院。

我的病房可以看到富士山，二〇二二年的過年，我看著窗外的雪，不

後に夫が語ってくれたことだが、医師が写真を示しつつ説明してくれた時、脳内に大きな黒い影が映っていて、これは助からないと思ったそうだ。医師から「昏睡になったら、延命しますか?」という問いかけが有り、夫は、頭が回らず、医師に「本人に聞いてみます」と答えたそうだ。私は夫に延命はしないように伝えた。「延命しても機械で生命維持するだけなら、みんな大変な思いをするだけだから。感情的になって誤った判断はしないで。」夫は私の言葉をそのままX医師に伝えた。その頃、コロナはまだ終わっておらず、家族も病院に入って病人に面会することが禁止されており、病室の外から携帯電話で患者に連絡するしかなかった。

X医師は脳外科のT医師に話をつけてくれていた。私は毎朝X医師の病院からT医師の病院に行ってサイバーナイフ治療を受け、治療が終わると又病院に戻った。

私の病室からは富士山が見えた。二〇二二年の新年、私は窓の外の雪を見ながら、不思議なくらい穏やかな気持ちだった。

十四日間入院したが、T医師のサイバーナイフとX医師のENHERTUのおかげで、私は一命を取り留めた。脳の浮腫が引いて、腫瘍もだんだん小さくなっていった。

知道為什麼心裏這麼平靜。

在醫院住了十四天，T醫師的電腦刀再加上X醫師的 ENHERTU，讓我活了下來。腦部消腫，腫瘤也逐漸縮小。

這樣又過了一年。二〇二三年初，又到了照MRI的時間。很不幸的，又長出零星的腫瘤。幸虧與上次的腫瘤不同位置，T醫師幫我把比較大顆的又做了電腦刀，「如果將來再惡化的話，因為有較多小顆的腫瘤，做為放射科，只能建議做全腦照射，但是我們這裡沒有全腦放療的設備」T醫師說。這次可能是最後一次看我的診了。

我們回到了主治醫師的醫院。X醫師說：「正好我們醫院新進了可以避開海馬迴的全腦照射設備。」外子提出是否能用 ENHERTU 時，他說：「啊！YEHさん是要寫文章的人，還是打抗癌劑吧。」我與外子非常高興，因為 ENHERTU 真的非常有效。它還讓我到英國。

そうして又一年が過ぎた。二〇二三年の初め、又ＭＲＩを撮る時期となった。残念ながら、又幾つか腫瘍が出ていた。幸い前回とは別の場所だったので、Ｔ医師が大きめの腫瘍をサイバーナイフで治療してくれ、「将来更に悪化した場合、小さな腫瘍が沢山有るので、放射線科としては全脳照射を勧めるしかないでしょう。ただ、うちの病院には全脳照射の設備が有りません」と言った。私を診てくれるのは、これが最後かもしれなかった。

主治医の病院に戻ると、Ｘ医師は「うちの病院には、最近、海馬回避の全脳照射ができる機械が入りましたから」と言ったが、夫がENHERTUを使ってもらえないかと言うと、Ｘ医師は「ああ、ＹＥＨさんは文章を書く人でしたね。それでは薬を打っておきましょう」と言ってくれた。私と夫は大変喜んだ、というのもENHERTUは非常に良く効いていたからだ。私が英国に行けたのも、ENHERTUのおかげだった。

こうして又一年が過ぎた。三週間に一度ENHERTUを投与してもらう時、Ｘ医師はいつも私に調子はどうですか、と訊き、私は毎回調子良いです、と答えていた。Ｘ医師から「ＹＥＨさんお元気そうですね」と言ってもらったことも何度も有り、私と夫はENHERTU

這樣又過一年。每三週回診打ENHERTU時，X醫師都會問我身體怎麼樣，我都跟他說沒什麼改變。X醫師好幾次都說：「YEHさん看起來很有元氣呢！」讓我和外子對ENHERTU都深具信心。

二〇二四年的例行檢查，腦部又出現新腫瘤了。

二〇二四年四月初，我問妹妹：「妳有沒有覺得現在的記者寫的文章，完全不知道在寫什麼？」妹妹還附和道：「沒錯，沒錯。到底有沒有好好受訓練啊？這些記者。」那時候我感到放心，原來不是只有我一個人這麼想。

到了五月，我開始看不懂很簡單的文字，例如「外交部」我會看成「政交部」，時間也常常說錯，讓外子常常感到一頭霧水。我開始感到恐慌，很多東西我也叫不出名字。好在外子平常與我默契還不錯，我挑挑眉毛，對他說：「就是那個啊，那個。」我大概說「那個」三次，他總是能猜到我

に対する信頼感を深めた。

二〇二四年の定期検査で、脳に又新たな腫瘍が見つかった。

二〇二四年の四月初め、私は妹に、「この頃の記者の書く文章って、全く何言っているんだか分からないと思わない？」と訊いた。妹は調子を合わせて「そうそう、ちゃんとした訓練を全く受けてないんじゃないの、今の記者たちは」と言った。ああ、私だけがそう思っているわけではないのだと、その時は安心した。

五月になると、私は簡単な字が読めなくなった。例えば「外交部」が「政交部」と書いてあるように思われたし、時間もいつも言い間違えて、夫を困惑させた。私は怖くなった。色々なものの名前が出てこなくなった。幸い、夫は普段から私とよく話が通じるので、ちょっと眉を動かして、夫に「あれよ、あれ」と言えばよかった。「あれ」を三回も繰り返せば、夫は私が何を言いたいのかを理解できた。二人でバラエティー番組のクイズをやっているようで、日常生活の楽しみが増えたようなものではあったが、私はとても喜べなかった。

要說的是什麼。兩個人就像是參加綜藝節目的猜謎遊戲一般。這樣好像增加不少生活上的樂趣，但是我高興不起來。

那是今年日本黃金週的事情。

外子的妹妹要帶團出國，讓外子回福島幫忙照顧公公婆婆。我因為還要打藥，先留在東京，等打完藥再回福島。

要去醫院的那天早上，我的心裏有些惴惴不安，不知道自己一個人有沒有辦法對X醫師清楚表達自己的想法，但我已經是年過半百的人了，怎麼可以像小孩子一樣任性，我得要堅強才行。

臨要出門，外子打電話給我，我以為他讓我檢查家裏的水電瓦斯，並將大門鎖好。畢竟我們要一週後才會回來。沒想到外子說要來東京接我。

「啊？你為什麼要來，你留在福島照顧爸爸媽媽。我一個人可以的，如果聽不懂醫師說什麼，我會打電話給你的，放心。」外子說，婆婆因為

それは、日本のゴールデンウイークのことだった。

夫の妹が旅行団の添乗員として出国するので、夫は義父母の面倒を見に福島に帰った。私は点滴投薬を受ける必要が有ったので東京に止まり、投薬が終わってから福島に帰る予定だった。

病院に行く日の朝、私は、自分一人でX医師に自分の思っていることをきちんと伝えられるかとても不安だった。しかし、五十過ぎの人間が、子供のように駄々をこねるわけにもいかないので、頑張るしかない。

家を出ようとする所で、夫が電話をかけてきた。夫は、私に家の中をよく見て、水道・電気・ガスを確認して、ドアの鍵をしっかりかけるように、というようなことを言うのだろうと思った。二人が戻ってくるまで、一週間は家を空けることになるからだ。しかし、意外なことに、夫は東京に私を迎えに来る、と言った。

「え？　どうして迎えに来るの？　福島でお父さんお母さんのお世話してて。私は一人で大丈夫だから。若し、先生の言っていることが分からなかったら、電話するから、安心して。」夫は、私の言語文字認知能力に問題が有ることを知って、とても不安に違いないと察した義母が、夫に東京に私を迎えに行って福島まで一緒に帰ってくるよう言ったのだ、

我的語言文字認知有問題，知道我心裏一定非常不安，讓外子到東京接我回福島。在那之前，我的心中充滿了恐懼，我不清楚自己到底發生了什麼事，只知道不太對勁。婆婆自己身體不好，卻還顧慮我的情況，讓外子來東京接我回去。

晚上，我和外子照顧婆婆上床睡覺，我忍不住抱住了婆婆，她能理解我的不安，我的心中充滿了對婆婆的感激。

在下一次回診時，拜託外子問X醫師是否能提早做MRI，X醫師所處的醫院是很大的醫院，有點為難的說：「所有病人的MRI檢查都排滿滿的，比較困難。所幸妳是下週就要做了，這期間妳有任何的不舒服，一定要打電話跟我說。」

結果出來了。X醫師說：「又長出新的。還好不是之前長的位置。還可以做電腦刀。我已經聯絡了T醫師，他說可以做，沒問題。有一個三公

と教えてくれた。夫の電話が有るまで、私の心は恐怖で一杯だった。状況がおかしい事は確かなのに、自分でも何が起こっているのかよく分からなかったから。義母は自分の身体も良くないのに、私の状況を心配して、夫を東京まで私を迎えに来させてくれたのだった。その夜は、私と夫が義母の就寝の準備を手伝ったが、私はこらえきれず、義母に抱きついてしまった。義母が私の不安を理解してくれたことが、私は有難くて仕方なかった。

次の診察の時、夫に頼んで、MRIの予定を早めてもらえないかX医師に訊いてもらった。しかし、X医師の病院は大きな病院だったから、X医師はちょっと困った様子で「MRIは予約で一杯なので難しいですね。でも予定は来週で、直ぐですから。それまでに何か調子が悪くなったりすることが有れば、電話してください」と言われた。

結果が出た。X医師によれば、「又新しいのが出ています。幸い前の所とは別の位置なので、サイバーナイフができます。もうT医師には連絡しました。T医師は、やってくれる、と言ってくれています。三センチぐらいのものが一つ有って、浮腫が出ていますので、直ぐに処置する必要が有ります。言語能力に影響の有る腫瘍の方は小さめで、緊急を要する状況ではありません。」というわけで、私たちはT医師の脳神経外科病院に来た。

分這麼大，而且你腦有些浮腫，要盡快處理。倒是妳說妳的語言能力受到影響那個比較小，沒有馬上的急迫性。」接著我們來到了T醫師的腦神經外科醫院。

二〇二一年底、二〇二二年初，腦裏的三十多個腫瘤逐漸控制住了，原本以為是死裏逃生，沒想到二〇二三年又復發。後來是T醫師的電腦刀與X醫師的ENHERTU救了我。但是二〇二四年的MRI檢查，又長出一個三公分、另一個依醫師說不太大，卻影響我語言能力的腫瘤。X醫師說：「ENHERTU應該沒有效果了。」X醫師讓我們先去T醫師那裏處理長出來的腫瘤，接著也去做做基因檢測。

T醫師見到我，有點驚訝：「YEHさん，好久不見。妳看起來氣色很好耶。妳的日文有沒有變好？」看到我的人都說我看起來氣色好，而且看起來都不像是客套話。我很尷尬地說：「在家外子都跟我說中文。所以

二〇二一年末から二〇二二年初にかけて、脳内に三十幾つ有った腫瘍が次第に抑制され、助かったと思ったものの、二〇二三年に再発してしまった。その後は、T医師のサイバーナイフとX医師のENHERTUに救われた。しかし、二〇二四年のMRIでは、更に三センチの新しい腫瘍ができ、もう一つは医師によれば大きくはないものの、私の言語能力を左右する腫瘍だった。X医師は「ENHERTUが効かなくなったということですね」と言い、先ず私たちにT医師の所で出てきた腫瘍の処置をし、続けてゲノム検査を受けてみるよう手配してくれた。

T医師は私を見て、少し驚いたようだった。「YEHさん、お久しぶりです。お元気そうですね。日本語は上達しましたか?」私に会う人は皆私を元気そうだと言ってくれて、それが皆ただのお世辞ではないらしい。私はバツが悪い思いで「家では夫も私と中国語でしか話さないので、あまり進歩していません。」「でも、聴いたら分かるでしょう?」「日常生活用語は、聴き取れます」と、恥ずかしい気持ちで答えた。

T医師は、X医師からMRIの結果をもらっていると言った。夫は、私の代わりに私の

沒有很大的進步。」「但聽應該還可以吧？」「日常生活用語聽還可以。」我不好意思地說。

T醫師說X醫師已經將我的MRI結果傳給他了。外子幫我把我的徵狀告訴T醫師，比較令我們在意的是語言能力變差、數字誤解等。T醫師點點頭，表示有些人甚至還會迷路，問我的情況。外子說：「她就算沒生病也會迷路。」T醫師也笑了：「其他呢？有沒有比較在意的？」

外子突然想到：「不過比較奇妙的是她的中文雖然變差了，但日文卻變好了。」T醫師說：「這真是有意思。YEHさん，你要不要乾脆趁這次機會，把母語轉為日文？」我們大家都笑了。

T醫師對照著今年與去年的片子，對ENHERTU的控制效果大加讚賞。T醫師的電腦刀很有效。連續做了三天，雖然還沒照MRI，我自己已察覺語言能力，幾乎恢復正常了。

X醫師知道了也很高興。

其實，三公分的那顆更危險，但我更不能接受自己不識字，所以更關

症状をT医師に説明した。私たちが一番気になっていたのは、言語能力の低下や、数字を間違えるといった問題だった。T医師は聞きながらうなずいて、道に迷ったりする人も居ると言って、私にどうですか、と訊いた。夫が「この人は病気じゃなくても道に迷うんです」と言うと、T医師は笑って、「それ以外には？　何か気になることがありますか？」

夫が急に思いついて、「ちょっと不思議なのは、中国語が駄目になっているのに、日本語は良くなってるんです」と言うと、T医師は「それは面白いですね。YEHさん、この機会に日本語を母語にしたらどうです？」と言い、みんなで笑った。

T医師は今年と去年の画像を較べて、ENHERTUの抑制効果を大いに褒めた。

T医師のサイバーナイフは効果てきめんで、三日連続で治療を受けると、MRIを撮るまでもなく、自分でも言語能力が殆ど正常に恢復したことが分かった。

それを知ったX医師も大変喜んでくれた。

実際には、三センチの腫瘍が危険だったが、私たちは文字を読めるか読めないかばかりが気がかりだった。

一月時間を空けて、私たちは又T医師の病院に来てMRIを撮った。T医師は考え込ん

心文字辨識這個問題。

隔了一個月，我們又到了T醫師的醫院照MRI。T醫師若有所思。說：「上次那兩顆都有逐漸縮小中。這件是好事。只是妳之前因為有腦浮腫，上次照MRI或CT的時候，沒有看到這個部分的腫瘤。可能現在消腫了，腫瘤就出現了（之前可能躲在腦溝中）。不過，我不太清楚這是新長出來的還是舊的。先這樣放著。下個月照MRI時，以這次的為基礎做比較，如果變大我們馬上處理。如果沒有變大，我們就不理它。」

之後，在看T醫師診前，我因為頭痛，外子提早帶我去看T醫師。T醫師照了MRI，說：「果然是腫瘤造成的腦浮腫。這次要先將比較大的四顆做電腦刀，一共要做五天，每次一個小時。」

我又開始進行為期一週的電腦刀治療。外子的媽媽因為帕金森氏症，

でいる様子で言った。「この間の二つの腫瘍は小さくなってきています。これは良い事。それで、たぶん浮腫が引いてきた結果、（それまでは脳溝に隠れて見えなかった）腫瘍が出てきた。だけど、これが新しく出来た腫瘍なのか、以前のものなのかがよく分からない。とりあえず、これで様子を見ましょう。来月ＭＲＩを撮って、今回のＭＲＩと較べて、大きくなっているようだったら直ぐに処置します。大きくなっていなければ、放っておいても大丈夫だから。」

その後、Ｔ医師の診察を受ける予定より前に、私は頭痛に見舞われ、夫が予定を早めてＴ医師の所に連れていってくれた。

Ｔ医師はＭＲＩを撮ってから、「腫瘍で浮腫が出ていますね。今回は大きめの四つをサイバーナイフで処置しましょう。五日間でやります。一回一時間です。」と言った。

こうして、又一週間のサイバーナイフ治療を受けた。夫のお母さんはパーキンソン病で、以前のように普通の生活ができなくなっている。そこに、私も再発してしまった。ある日、夫が電話で夫の妹に「最近は良い事が無いなあ、お母さんもこういう状況で、純ちゃんもこうだし」と話しているのが聞こえた。夫と夫の家の皆さんに

目前無法再像以前那樣正常生活。我又再次復發。有一天，我聽到外子與他的妹妹講電話，說：「感覺最近都沒有好事發生。媽媽這樣，純ちゃん也這樣。」對外子以及外子一家人，我不能回去幫忙照顧婆婆，心中只有滿滿的歉意。

は、申し訳ない気持ちで一杯だ。

妳想要做什麼？

第一次治療時，外子要回東京上課，不能留在臺灣陪我，他問我：「你有沒有想要做的事？」

我問：「我快死了嗎？」

外子說：「可能還沒有。」

「那為什麼要問我想做什麼？」

「我希望妳做妳自己想做的事情。」

我說：「我想要學鋼琴。」

外子二話不說，帶著我到善導寺站附近，買了一臺Roland的電鋼琴給我。從小學鋼琴的姪女負責教我看譜、彈琴。

每天早上七點左右，哥哥、姪女出門去上課，我就起床。吃完早餐，先騎一個小時的室內腳踏車。然後，媽媽陪我去散步。接著，就練習姪女

何がしたい？

初めて治療を受けた時、夫は東京に帰って授業をせねばならず、台湾で私の傍に居ることはできなかった。夫は「何かやりたいことは有るか？」と私に訊いてきた。

私は「私、もうすぐ死んじゃうの？」と訊き返した。

夫は「まだ、それはないだろう」と言った。

「じゃあ何で、何をやりたいかなんて訊くの？」

「君が自分でやりたいと思うことをやって欲しいんだよ。」

私は「ピアノを習いたい」と答えた。

夫がRolandの電子ピアノを買ってくれ、小さい時からピアノを習ってきた姪が楽譜の読み方と弾き方を教えてくれた。

毎日朝七時頃に兄と姪が学校に出かけると、私が起床した。朝食を終えると、先ず一時間室内自転車に乗った。その後、母が私と一緒に散歩してくれた。それから、姪が教えてくれた曲を練習した。

教我的曲子。

娘家與哥哥家屬一個社區。哥哥家白天沒有人，只有我一個人在家。我最喜歡的歌是「ひまわりの家の輪舞曲」。這是《崖上的波妞》的配曲。由宮崎駿作詞，久石讓譜曲，麻衣主唱。這是我每天騎車必聽的歌。雖然寫的是養老院的奶奶們心目中的願望：「在老天爺來接我之前，讓我再做些……吧」。但好幾次，我都一邊哭一邊唱：趁老天爺還沒來接我，讓我多做一些想做的事吧。

老奶奶們的心願這麼微小，散步、打掃、洗衣、做飯，老天爺會答應她們吧。

那麼我的心願呢？我想要做什麼？

「死亡」是什麼？生病前的我從來沒去思考過這個問題。以為這個問題是我八十歲才要面對的事。

即使活到了五十多歲，我對「死」的認識還是非常有限。有一天，上

父母の家は、兄の家と同じ団地に在る。兄の家は昼間は誰も居ないので、私は一人で兄の家に居た。

私が一番好きな歌は「ひまわりの家の輪舞曲」。これは『崖の上のポニョ』の挿入歌で、作詞・宮崎駿、作曲・久石譲、歌・麻衣。毎日自転車漕ぎをする時、必ずこの歌を聞いていた。歌詞で歌われているのは、養老院のおばあさんたちの「お迎えが来る前に、もう一度……させて」という願いだったが、私は「お迎えが来る前に、やりたいことをやらせて……」と、泣きながら歌っていることが何度も有った。

おばあさんたちの願いは、散歩だったり、掃除・洗濯・ご飯作りだったり、とてもささやかなものだったから、神様もきっとそれを叶えてくれるだろう。

それでは、私の願いはどうだろうか？　私は何がしたいのだろう？

「死」とは何か？　病気になるまで、私は全く考えたことが無かった。この問題は、八十歳ぐらいになってから向き合うはずの事だと思っていた。

五十幾つまで生きてきたが、私の「死」に対する認識は非常に限られている。ある日、ネットで「死亡」という言葉を検索してみたところ、「世界全体の出生・死亡人数」というサイトが出てきた。ん？どういう意味だろう？　生死の数値がリアルタイムで出てくるのだ

網查了「死亡」這個關鍵字。出現了「全球出生與死亡人數」這個網站。啊？什麼意思？難道是即時呈現生死數值？出於好奇，我點開了這個網站，接著，就看到「出生」與「死亡」的數字不斷地快速地更新，快速到我沒有辦法看清楚那些數字。但是看得出來死亡比出生的數字要來得多。全世界所有的「人」都化為「數字」，淹沒在這些數值當中。我被驚嚇到，趕緊把頁面關掉。稍為平靜之後，才理解到，原來對我們個人來說，生死是件大事；但全世界來說，不過就是一個數字、一件小事。

生死是日常。

但是，為什麼大家會害怕死亡？因為活著的人，沒有任何人經歷過。

我認為「瀕死經驗」和「死亡」終究是兩件事情。即使有人經歷過瀕死，不管多真實，終究沒有真正到達死亡。死了的人也無法回來告訴我們

ろうか？　好奇心で、そのサイトを開いてみた。すると、そこでは「出生」と「死亡」の数字が、数字をはっきり読めないほどの非常な速度で更新され続けていた。それでも、死亡の数字の方が出生よりも多いことは分かった。全世界の全ての「人」が「数字」に変わって、これらの数値の中に埋もれていた。これを見た私はアッと驚き、直ぐにそのページを閉じた。少し落ち着いてから考えてみれば、私たち個人にとって生死は重大事だが、全世界にとってみれば、それはただの数字、小さな事に過ぎないのだ。

生死は、ごく普通のことだ。

しかし、どうしてみんな死を恐れるのか？　それは、生きている人間は、誰一人として経験したことが無いからだ。

臨死体験と死とは、全く別の話だと思う。臨死体験がどれほどリアルなものであったとしても、結局のところ真の死亡には至っていない。死んだ人が戻ってきて、死とは何かを私たちに教えてくれることはない。

二〇二二年の退院の時、夫は又私に、何がしたいかと訊いてきた。「この十年間二人で書いてきた朱子と弟子たちに関する研究論文をまとめて本にしたい。論文としてはもう全部公表してるけど」と私。

「死亡」是什麼感受。

因為不瞭解，所以我們對死亡既好奇又害怕。

二〇二二年我出院，外子又問了我想要做什麼？「我想把我們這十年來所寫的有關朱熹和他的弟子的研究集結成書。雖然每一篇我們都發表過了。」我說。

「這個完全沒問題。」外子答。

「我還想買個鑄鐵鍋。」「我還想學騎腳踏車。」「我還想要一隻像小英一樣的柴犬。」小英是我二十多年前養的小狗，她不是純種的柴犬，但比真正的柴犬更可愛。

「除了柴犬。其他的我都可以答應妳。」外子說。「因為我看過妳為了小英哭得很傷心的樣子。」

除了小狗，我的心願外子都盡全力做到。我們的《朱門禮書考》在二〇二三年九月出版。我們買了一個酒紅色的橢圓形鑄鐵鍋。外子還在家附

「それは簡単」と夫は答えた。

「鋳物の鍋を買いたい」「自転車に乗れるようになりたい」「英ちゃんみたいな柴犬を飼いたい」。英ちゃんは私が二十数年前に飼っていた子犬だ。英ちゃんは純血の柴犬ではなかったが、本物の柴犬よりも可愛いかった。

「柴犬は駄目。それ以外は、全部問題ない」と夫は言った。「英ちゃんの時に泣いてひどく悲しんでいたのを、僕も見ているから。」

犬以外の私の願いを、夫は全力で実現させてくれた。私たちの『朱門禮書考』は二〇二三年九月に出版された。私たちはワインレッドの楕円形の鋳物鍋を買った。夫は家の近くの自転車屋で色々と較べてみた結果、かなり値の張る自転車を同型色違いで二台買った。治療を受けている間、一週目は疲れ易かったが、第二・第三週の土曜・日曜には、近くの公園に行って自転車に乗ったり、バドミントンをしたりした。

二〇二三年六月、ENHERTUが効いて、私の腫瘍はよく抑えられていた。その八月、私たちは英国に行った。

私が喜んでいるのを見て、夫は「毎年外国に旅行しようか？」と言った。

「いやいや、とりあえずは日本で旅行したい。」

近的腳踏車店研究了許久，買了兩輛價格不菲、同型不同顏色的腳踏車。治療期間的第一週身體容易感覺疲倦，但到第二週、第三週的六、日，我們就會去附近的公園騎車，或是打羽毛球。

二〇二三年六月，ENHERTU 有了效用，我的腫瘤被控制住了。八月，我們甚至還去了英國。

外子看我興致勃勃，跟我說：「要不我們每年都出國旅行？」

「不不不，我想要先在日本旅行。」

這兩年，我們去了奈良、京都、名古屋、龜山、金澤、諏訪、高知、箱根、土肥溫泉、下田、湯河原……等地。寒暑假不說，只要有兩三天的假期，外子就會規劃較近的地點去旅行。

二〇二四年六月的ＭＲＩ顯示我的腦腫瘤又復發了。我心裏想，每年都復發是怎麼回事？這次，老天爺是不是打算就這樣結束了我的人生？

最近二年間、私たちは奈良・京都・名古屋・亀山・金沢・諏訪・高知・箱根・土肥温泉・下田・湯河原等色々な所に出かけた。夏休み・冬休みだけでなく、二三日の時間が有れば、夫は手近な所への旅行を計画してくれた。

二〇二四年六月のＭＲＩで、私の脳の腫瘍が再発していることが分かった。毎年再発するって、どういうことなんだろう？　今回は、神様が私の人生をこれで終わりにしようとしているんだろうか？と思った。

ただ、今回は私も夫も全く冷静だった。夫も、初めての転移で医師から肺への転移だろうと聞かされた時のように、卒倒したりはしなかった。私たちは、もう諦めがついていて、検査の結果に一喜一憂したりする気もなかった。神様が決めたことであれば、それは受け容れるしかない。何故かと言えば、面倒なことが苦手な私たち二人は、もうすっかり疲れてしまっていたからだ。

夜、台湾の時々連絡を取っていた前立腺癌末期の先輩が電話をかけてきて、私たちの近況を訊ねてくれた。先輩は夫に「俺ももう諦めはついてる。医者はもう使える薬が無いと言っている。まあ、他に何か方法が有ればやってみるといった所だな。」お互いにお大事にと言い合った後、両方で同じように考え込んでいたかもしれない。これが、現時点での

不過，這次我和外子都特別冷靜，外子不像第一次轉移那樣，聽到醫師說有可能轉移到肺就昏倒。我們其實都看開了，不想再為各種檢查忽喜忽悲。若這就是老天爺的安排，就接受這個事實，因為，我們這兩個懶人，實在覺得心太累了。

晚上，臺灣一個時不時會聯絡、得到末期攝護腺癌的學長打電話來，問我們最近的情況，學長對外子說：「我也是看開了。醫師說能用的藥都用完了。再看看還有沒有其他辦法。」在互道珍重後，雙方或許同時陷入長考，這就是人類目前的極限。有點無奈，但沒有辦法，只能好好接受。

每當媽媽從臺灣打LINE與我聯繫時，都告訴我要想辦法讓自己快樂，這樣身體就會好起來。雖然我的理智知道要活在當下，要快樂過生活，知道媽媽的善意，但是我無法每天情緒都如此高漲。不想造成周圍人的困擾，但又知道他們不覺得我是困擾，這才是我心中感到最最抱歉的事情。

人類の限界なんだ、と。残念だが、どうしようもないのだから、受け容れるしかない。

三年続いたコロナの出国制限も既に解禁され、今年は偶然にも、台湾の家族が次々と東京に旅行に来た。総勢八人が、三回に分かれて来て、三回とも皆が家まで私に会いに来てくれた。家族に会えて、私は本当にうれしく、又安心もした。中でも父と母に会えた時は、特にその感が深かった。父母と私の三人の姉妹が来てくれた時、私はサイバーナイフの治療を受けたばかりで全く元気が無く、いつも眠気が有り、歩くのも容易ではなかったので、一緒に出歩くことができなかったが、妹が毎日家に来て、私とおしゃべりしてくれたので、私はとても気持ちが楽になった。

母は、台湾から私にLINEで連絡をくれる時、いつも私に、とにかく楽しく暮らすようにしなさいよ、そうすれば身体も良くなってくるから、と言ってくれる。私も頭では、現在を大事にして、楽しく暮らすべきだ、と分かっているし、母の善意も分かっているのだが、毎日楽しく興奮した精神状態を維持することはできない。周りのみんなに迷惑をかけたくないが、みんなが私のことを迷惑と思わずに居てくれることも分かっている。だからこそ、とても申し訳ない気持ちになる。

飛行機に乗る前に、妹が私にメッセージをくれた。「ちゃんと自分を大事にしなさいよ。」

在歷經了三年疫情的管制解禁後，今年很巧地，臺灣的家人們紛紛來東京旅行。八個人，分為三批來，來日本的地方不同，但每個家人都來家裏看我。看到他們真是高興與安心。尤其是見到爸爸、媽媽。

爸爸媽媽與三個姊妹來的時候，我剛做完電腦刀，精神很差，一直想睡覺，走路也感到很疲倦，無法陪他們。妹妹每天來家裏陪我說話，讓我安心不少。

臨上飛機前，妹妹寫簡訊告訴我：「要好好照顧自己。」我才真正體悟到，家人們嘴上什麼都沒說，每個人都一派輕鬆，實際上卻如此關心我。日本醫療這麼進步，我憑什麼這麼沮喪，像自己馬上就要不行了一般的哀怨，真是太過分了。那之後，每當我身體感到不適，我就會告訴自己：「我可以好好照顧自己。不要害怕。」「每個人每天有二十四小時，即使我生病，也有二十四小時，不比別人少，所以好好過著每一天。」這樣想之後，心裏的焦慮就會慢慢減輕。不管接下來的日子還有多少，我希望能讓周圍的人都能放寬心。

それを見て私はふと思った。家族は何も言わず、皆気楽な様子でいるけれど、実は本当に私のことを心配してくれているのだ。日本の医療がこんなに進んでいるのに、私自身が意気阻喪して、もう駄目だと言わんばかりの精神状態でいるのは、あんまりな話だ、と。それからは、体調が悪くなる度に、自分で自分に「ちゃんと自分を大事にできる、恐がることはない」「一日二十四時間は誰でも同じ、私は病気でも他の人と同じように二十四時間有るのだから、毎日をしっかり過ごそう」と言い聞かせている。そうすると、心の中の焦燥感が少しずつ和らいでいく。これからあと残された日々がどのくらい有るのか分からないが、周りのみんなに安心していてもらえることを願っている。

「人事を尽くして天命を待つ。」私は、これでいいんだ、と自分に言い聞かせている。餘計なことは考えなくていい。

夫は、他にやりたいことは?と訊いてくれる。私の答えは「もう無いわ。もう十分幸せで楽しい。だって、脳にまで転移して、それから三年も生きられたんだから、神様も十分良くしてくれたんじゃない?」

そんなに幸せで楽しいのなら、どうしてもっと頑張って、長生きしようともがいてみないのか、と思うかもしれない。私は、癌患者のものの考え方は、普通の人とは少し違うの

「盡人事，聽天命。」我告訴自己，這樣做就好。其他別想。

外子問我還想做什麼？我說：「沒有了。我已經過得非常幸福快樂了。你想，都轉移到腦了，還能再活三年，老天爺不是對我非常好了嗎？」

得到癌症的人的想法，和普通健康的人有很大的差距。我的情感無比脆弱，無法像常人一般盡情地歡樂。每當在笑得很開心的同時，在心靈深處，突然就會出現「哎呀，我活不長了。」這樣的荒謬的念頭浮現。即使是健康的人，也不敢說明天的自己依然健在。我在杞人憂天什麼呢？當然，我的內心是非常感謝所有的家人。無論是娘家的支持或是婆家的體諒。我也願意為了自己也為了他們多付出一切努力。

到了日本，不只一次聽到或是在電視上看到這樣的說法：「得到癌症

だろうと思う。癌患者は感情的に非常に脆く、普通の人のように思い切り楽しくしていることができない。楽しく笑っている時にも、心の奥に、ふと「ああ、私はもう長くない」という馬鹿げた思いが浮かんでくる。健康な人であっても、明日の自分が健康でいられるという保証は無いはずなのに、私は何を餘計な心配をしているのだろう。とは言え、私は心の中で、家族に対しては非常に感謝している。実家の支持に対しても、夫の家の理解に対しても。自分の為にも、家族の為にも、できる限りの努力はしたいとも思っている。

日本に来てから、人の話やテレビ番組などで、「癌になるのは、悪いことではない。自分があとどのくらいで死ぬか分かるから、前もってそれまでの準備ができるから」という言い方を何度か聞いたことが有る。始めは、私には全く理解できず、「癌になって何のいい事が有るものか？」と不思議だった。しかし、後になって、だんだんと理解できるようになった。癌が良いというのは、実際には、他の慢性の病気に較べて、という話だ。日本人は悲観的だと思われるかもしれないが、本当は「他の人に迷惑をかけたくない」という当たり前の感情から来る考え方なのだ。台湾人は死に関する話題を避ける習慣が有る。「生前葬」も最近ようやく行われるようになった。私は生前葬をやるほど勇敢ではないが、生死観については日本人を見習いたいと思う。

其實很好，可以知道自己的死期，提早做接下來的規劃與準備。」剛開始，我完全無法接受這種想法。心裏有很大的疑惑：「得到癌症好什麼？」但後來我慢慢能夠理解。其實會這麼說，是相較於其他的慢性病而言。表面上看來日本人比較消極，實際上是他們「不想麻煩別人」的自然天性所致。臺灣人很忌諱談死，直到最近才有「生前葬禮」出現。我雖然沒有勇敢到辦生前葬禮，但關於生死觀，我想要學習日本人。

我常常想，如果當初不是聽到電腦裏《仁醫》配樂的那聲尖叫（我把它解釋為「老天爺的警示」），我不可能到現在還活著。那麼，那時老天爺要救我，後來為什麼一再讓我轉移、復發？是我太貪心嗎？是我不夠努力嗎？

但是，癌細胞是自己的，它自作聰明以為這樣無限擴散，是對我好，我該責怪她嗎？

我的癌細胞啊，妳想要做什麼？

若しあの時、パソコンの『仁』の音楽の中にあの叫び声（私はそれを「神様の警告」と理解している）を聞いていなかったら、私は今日まで活きていることはできなかっただろう、と時々思うことが有る。ならば、あの時、神様は私を救ってくれたのに、どうして後になって転移・再発を繰り返させるのだろうか？　これは、私が欲張りなのだろうか？私の努力が足りないのだろうか？

しかし、癌細胞は自分のものだ。私の癌細胞が、私の為に良かれと思って、勘違いして、止めどなく拡大してしまっているものを、責めても仕方ない。

私の癌細胞さん、あなたは何がしたい？

大吉

我非常喜歡柴犬。二十多年前，我養了一隻米克斯，她的名字叫「小英」。雖然她是米克斯犬，其實她長得更接近柴犬。

眼睛很大很無辜的小英，她的媽媽是隻柴犬，爸爸是毛色金黃的米克斯犬。小英原本是哥哥的狗，但是因為他每週五上完課後，就要回到花蓮。大嫂在花蓮教書，姪女那時還在上幼稚園。哥哥回花蓮後，小英生活中大大小小的事，就是我的工作。我非常喜歡小英，請哥哥把小英送給我。他答應了。

小英非常善解人意，有時候心情不好，她會坐在我的身邊，用她的前腳刷刷我的大腿，好像叫我不要難過了。但是因為第一個養小英的人是哥哥，所以小英只認哥哥是她的主人。有時候，我甚至認為小英應該是把我當作她的佣人看待，負責她大小姐的生活所需。連出門也都是她引領我散

大吉

私は柴犬が大好きだ。二十数年前に、私は一匹の混血犬を飼っていた。名前は「英ちゃん」。混血犬ではあったが、英ちゃんは柴犬に近い混血だった。眼が大きくて罪の無い表情の英ちゃんは、柴犬のお母さんと、金色の毛の混血犬のお父さんの間に生まれた。英ちゃんはもともとは兄の犬だった。しかし、兄は毎週金曜日の授業を終えると、花蓮に帰らねばならない。兄嫁が花蓮で先生をしていて、姪もその頃はまだ小学生だったからだ。兄が花蓮に帰った後、英ちゃんの生活のあれやこれやは、私の仕事になった。私は英ちゃんが大変気に入り、兄に譲ってくれるよう頼んだ。兄はＯＫしてくれた。

英ちゃんはよく他人の気持ちが分かり、落ち込んだ時など、私の傍に座って、前足で私の太ももを掻いてくれるのが、私に悲しまないでと言っているようだった。しかし、英ちゃんを初めに飼っていたのは兄なので、英ちゃんは兄のことだけを自分の主人だと認めていた。英ちゃんは私のことを、お嬢様のお世話をする召し使いとしか思っていないな、と感

步路線，直到她累了才肯回家。

我帶五、六歲的小英第一次到公園散步，當她看到這麼大片的草地，開始自己假想戰鬥情境，迅速地飛奔於整個草地中，左閃右躲，刻意不要碰到坐在地上休息的人們。自己玩得不亦樂乎。回到家，小英累得在客廳的地上睡著了，過了不久，她開始打呼，接著，她開始囈語，還不斷滑動她的四肢。我想，小英應該是做了夢，夢見自己快樂地在草地上盡情地奔跑。

九二一地震，是我和小英建立起深厚感情的開始。

餘震不斷，家裏沒水沒電，為了安全著想，住在四樓的祖母暫時到姑姑家。四樓是哥哥家。哥哥回花蓮，家裏只有小英一個人在家。為了怕小英一個人無聊時跳沙發、跳床、咬東西，祖母出門前，將小英鎖在陽臺上。雖然我與妹妹會到四樓餵她吃飯，那時大約有一週左右沒有電，我們覺得這樣下去不知道什麼時候才能正常過生活。這樣每天爬樓梯從八樓到四樓

じることも有った。出かける時も、英ちゃんが私を引っ張って行く先を決め、自分が歩き疲れるまで帰ろうとしなかった。

五六歳になった英ちゃんを初めて公園に散歩に連れて行った時、広々とした草地を前にした英ちゃんは、戦闘状況を想像し始め、地面に座って休んでいる人々にぶつからないよう、右に左に身をかわしつつ、草地全体を素早く飛び回り、何とも楽しそうに遊んでいた。家に戻ると、疲れた英ちゃんはリビングルームの床で寝てしまった。まもなく、英ちゃんはいびきをかきはじめ、やがて、寝言を言いながら四本の脚をしきりに動かしていた。英ちゃんはきっと夢を見ているんだろう、自分が楽しく草地の上で思い切り駆け回っている夢を見ているんだろう、と思った。

九二一地震が、私と英ちゃんの間に深い感情的繋がりが生まれるきっかけとなった。◆

余震が続き、我が家も断水・停電となったので、安全の為に、四階の一室に住んでいた祖母は一時的に伯母の家に住むことになった。四階の一室は、兄の家だ。兄は花蓮に帰ったので、家の中には英ちゃんだけということになった。英ちゃんが一人で、何もすることが無くて、ソファーに飛び乗ったり、ベッドで跳ね回ったり、あちこち噛み散らかしたり

◆【訳注】一九九九年九月二十一日台湾で起きた大地震。

餵小英吃飯，收拾，再從四樓回到八樓，實在有些折騰。我和妹妹商量，把小英直接帶回同社區不同棟，八樓我們的家。

小英乖乖地跟著我們，到了八樓。睡在我的床下。從此以後，我們兩個就像兩姊妹一樣親近。

小英十歲那一年，有一天我回家時，發現她的尾巴不會搖了。小狗在磁磚的地上活動，髖關節很容易受傷，我想小英應該也是。帶她去看附近的獸醫師，獸醫師說沒有辦法恢復原來的樣子，但可以施以針灸舒緩她的不適。

這樣過了大約半年多，醫師說他要去美國進修一年，由其他醫師接手照顧小英，「有個醫師對針灸也非常有興趣，可以交給他。我會跟他保持聯絡，每週視訊討論小英的病情，美國那邊的醫師對針灸治療也非常有興趣。」醫師這麼說。

對我來說，「會」與「有興趣」終究差距頗大，小英之後沒有變好，甚至走路時，後腿會發抖。那一陣子，幾乎每兩三天就要帶小英去醫院。

するといけないというので、祖母は家を出る前に、英ちゃんをベランダに閉じ込めておいた。私と妹が四階まで英ちゃんに餌をやりに行くことにしていたが、あの時は一週間ばかり停電が続き、何時になったら正常な生活ができるのか見通しがつかなかった。毎日八階の家から四階の家まで行って餌をやって、掃除をして、又四階から歩いて八階まで戻って来るというのは、さすがに骨が折れた。私は妹と相談して、英ちゃんを、同じ団地で棟違いの八階、つまり私たちの家に連れてくることにした。

英ちゃんは大人しく私たちについて八階まで来て、私のベッドの下に寝た。この時から、私と英ちゃんは姉妹のように仲良く暮らすことになった。

英ちゃんが十歳だった年のある日、私が家に帰ると、英ちゃんの尻尾が揺れなくなっているのに気づいた。犬は、タイルの床で生活していると、股関節を傷めることが多いので、英ちゃんもそうなのかと思った。近所の獣医の所に連れて行くと、獣医は元の状態に戻すことはできないが、鍼灸で少し楽にしてやることはできる、と言った。

そんな風にして半年ちょっと過ぎた頃、医師は、アメリカに一年研修に行くので、英ちゃんは他の医師に引き継いで診てもらう、と言った。「鍼灸にとても興味を持っている医師が居るので、その先生に診てもらってください。私もその先生と連絡を取って、毎週オン

那天早上，多日不肯進食的小英，在我帶她去醫院前，狼吞虎嚥地吃了我為她準備的水煮雞胸肉與起士，我跟她說：「小英，不要一下子吃那麼多，我們今天晚上回家再吃。」如果我知道那是小英的最後一餐，我一定讓她吃個夠。

小英不喜歡去醫院，每當快到醫院時，她便抗拒地一直往後退，想掙脫牽繩。剛開始我好言勸她，小英不為所動，最後總是我把她抱起，直接進醫院。那天也是。

為了讓她舒服一些，我想去寵物用品店，買外出用的床，我跟她說：「妳先在醫院待著，我去買妳喜歡的肉罐頭、刷牙餅乾、外出用的床。乖乖在這裏等我喔。」

傍晚，我拿著買好的東西去接小英。還沒進入獸醫院，我從玻璃窗看見小英的眼睛往上吊，急得尖叫：「醫師，小英情況不對。」旁邊有個女醫師一聽，急忙幫小英插管急救。接著，問我送到另一間設備比較齊全獸醫

ライン通話で英ちゃんの病状について相談するようにします。アメリカの医師たちも、鍼灸には非常に興味を持っているんですよ」と医師は言った。

私にとっては、「できる」と「興味を持っている」では大違いで、英ちゃんはその後良くならないどころか、歩くときに後ろ足が震えるようになってしまった。その頃は、二三日おきに英ちゃんを連れて病院に通っていた。

その日の朝のこと。何日も何も食べなくなっていた英ちゃんだが、病院に連れて行く前に、私が準備した水煮の鶏胸肉とチーズを、夢中で食べ始めた。私は「英ちゃん、一遍にそんなに食べないで。夜帰って来てから又食べよう」と言った。それが英ちゃんの最後の食事だと知っていたなら、食べたいだけ食べさせてやれたのに。

英ちゃんは病院が嫌いで、もうすぐ病院に着く頃になると、決まって抵抗するかのように後退して縄から逃れようとした。始めは私もなだめてみるが、英ちゃんは聴いてくれず、最後はいつも私が抱え上げて病院に入っていった。その日もそうだった。

英ちゃんに少しでも楽になってもらいたくて、私はペット用品店に外出用のベッドを買いに行こうと思い、英ちゃんにこう言った。「病院で待っててね。英ちゃんの好きな肉の缶詰と、歯みがきビスケットと、外出用のベッドを買ってくるから。ここで、いい子にし

院可以嗎？「但是看一次診要兩萬塊。」我說：「當然沒有問題。」這個時候不是應該救小英的命最要緊嗎？為什麼拘泥在這事情上？問這種問題？

途中，小英一度醒來，但眼睛直視前方，若有所思。這個表情，是我那段時間最常看到小英的樣子。大約半年前，她的身體開始不好，躺在自己的床上，也時常是這個表情，魂魄彷佛在別處。好幾次我摸摸她，問：「小英，妳在想什麼？」她一次也沒有回應我，自顧自地沉思。

到了那邊的醫院，醫師們趕緊幫小英安置治療。做了各種檢查，查不出任何問題，小英的情況沒有好轉。當晚，家人們陸陸續續到醫院看小英。沉睡的小英沒有任何反應。

當哥哥的車停在獸醫院門口時，小英突然醒了。她激動地嗚咽著，劃動著腿，因為知道最喜歡的哥哥來看她了。哥哥摸摸小英，要小英加油。哥哥離開後，小英又陷入昏迷。

醫師說，今天如果她沒有醒，之後就算救回來也不再是小英了：「今

て待ってるのよ。」

夕方、買い物を終えて英ちゃんを迎えに行った。まだ獣医院の中に入る前に、ガラス窓の外から、英ちゃんの目が吊り上がっているのが見え、私は慌てて叫んだ。「先生、英ちゃんの様子がおかしい。」女性の獣医が、それを聞いて急いで英ちゃんに挿管して救命作業を行った。そして、別の設備の整った獣医院に送ってもよいか、と訊いてきた。「ただ、一回診てもらうのに二万円かかるんですけど。」私は「もちろん大丈夫です」と答えた。この状況で、英ちゃんの命を救うのが最優先ではないのか？　どうしてそんなことに拘って、そんな質問をするのだろう？

搬送中、英ちゃんは一度目を醒ましたが、何か考え事をしているようだった。その表情は、その頃一番よく目にした英ちゃんの様子だった。およそ半年前から、英ちゃんの身体が悪くなってきて、自分のベッドに横になっていても、時々この表情を見せるようになった。魂が脱けて何処か別の所に在るようだった。私は、彼女を撫でながら、「英ちゃん、何を考えているの？」と問いかけたことが何度も有ったが、彼女は一度も答えてくれず、一人物思いに耽っていた。

その病院に着くと、医師たちが急いで英ちゃんの治療に取り掛かった。色々な検査をし

天留一個她熟悉的家人在這裏陪她吧。」我留在了醫院。看著小英，覺得她只是在睡覺，一點都不像生病了。我在內心祈禱：「小英，我一輩子都願意當妳的佣人啊，求求妳趕快醒過來。」

整夜，我看著兩個醫師在二樓作各種診療、抽腹水。

早上，醫師要我先回家，有任何狀況，她會打電話給我。

大約九點左右，我打電話去醫院，是另一位值班醫師，他說：「妳想好了嗎？要安樂死還是要救？要再試試看嗎？」我問：「小英的情況怎麼樣？她會感到痛苦嗎？」醫師說：「跟昨天一樣。我覺得可以試試看，但很有可能最後她就是一隻植物狗。」我跟妹妹商量，妹妹說看我決定。

但是我不想小英過得這麼痛苦。因為，不久前，我才看過小英痛得咬著牙、發抖著的樣子。

三月天，那天早上天氣非常好。艷陽高照。

我和妹妹一起去看小英，她還是沒有醒來。

我問醫師：「安樂死會痛嗎？」「不會，就像是沉睡一般。」我和妹妹

たが、問題は発見できず、英ちゃんの状況は好転しなかった。その夜は、家族も次々に病院に英ちゃんを見に来たが、深い眠りに入った英ちゃんは何の反応も示さなかった。

兄の車が獣医院の前に止まると、英ちゃんは急に目を醒ました。英ちゃんは興奮して鳴き声を上げ、足をしきりに動かした。大好きな兄が会いに来てくれたと分かったからだ。兄は英ちゃんを撫でて、英ちゃん頑張れと言った。兄が立ち去ると、英ちゃんは再び昏睡に陥った。

医師は、今日目を醒まさなかったら、その後一命を取り留めたとしても、もう英ちゃんではなくなっている、と言った。「今日は、誰か残って、付き添ってあげてください。」私が病院に残ることにした。英ちゃんを見ていると、ただ眠っているだけで、病気であるようには全く見えなかった。私は心の中で祈った。「英ちゃん、一生あなたの召し使いでいいから、お願いだから早く目を醒まして。」

朝になって、医師は私を家に帰らせた。何か状況が変わったら、電話してくれるとのことだった。

九時頃、私が病院に電話すると、電話に出たのは別の当直医師で、「考えは決まりましたか？安楽死にしますか、それとも延命しますか？　やってみますか？」と言った。私は

與小英道別，希望她不要再感到痛楚。醫師幫我們聯絡動物葬儀社，在打針之前，他們已在旁邊等待。

我們先去了動物焚化場，接著到了我們家的墓地。墓地的左右兩邊各種了一株茶樹，已有將近四十年的樹齡。我們將小英葬在左邊漂亮的茶花樹下：「小英，要拜託妳幫忙守護我們的墓地，這裏很大，妳可以自由自在地跑來跑去喔。」當我和妹妹將小英埋葬好，天色逐漸變暗，天氣有點微涼。

接下來的日子，我們每個人都像失去了魂，想到小英就哭。其實，就在小英過世的幾個月前，我們才剛送走九十七歲的祖母，一下子，我們就少了兩個家人。媽媽看了不捨說：「以後妳跟妹妹不要再養寵物了。哭得這麼傷心。」

人，活在世上是來受苦的嗎？

我死的時候，是什麼樣子呢？我希望外子、家人們不要為我難過太久。

「英ちゃんの様子はどうですか？　痛みを感じているでしょうか？」と尋ねた。医師は「昨日と同じです。試してみてもいいと思いますよ。結局植物犬になってしまう可能性も高いですけど」と言った。私は妹に相談したが、妹は私に決めてくれと言う。

しかし私は、英ちゃんにあまり苦しい思いをしてもらいたくなかった。というのも、暫く前に、英ちゃんが痛みで歯を食いしばって震えている様子を見たばかりだったからだ。

三月の、その日の朝の天気はとても良かった。太陽がまばゆかった。

私と妹は、一緒に英ちゃんを見に行ったが、英ちゃんはまだ目を醒ましていなかった。妹私は医師に尋ねた。「安楽死は痛いですか？」「いいえ、熟睡するのと同じです。」私と妹は英ちゃんにお別れを言った。英ちゃんがこれ以上苦しまずに済んで欲しかった。医師が動物葬儀社に手配してくれていて、注射をする前に、葬儀社がもう脇で待っていた。

私たちは先ず動物火葬場に行き、それから私たちの家の墓地に行った。墓地の左右両側には、樹齢三十年を超える山茶花が一本ずつ植えられている。私たちは、左側の綺麗な山茶花の木の下に英ちゃんを埋めた。「英ちゃん、私たちの墓地を護っていてね。ここなら、自由に走り回っていいからね。」私と妹が英ちゃんの埋葬を終える頃には、陽が陰り始め、少し涼しくなってきていた。

想著我們在一起快樂的日子就好。

我跟外子結婚之後，我們到了北京大學工作，也沒有辦法養狗。九年前，我和外子陸續回到了東京定居。

「我想要養一隻柴犬。」我跟外子說。「不行，我怕妳太傷心。」想想也是，如果我活得比較久，又要再傷心一次；如果小狗比我活得久，怕狗的外子不知道該怎麼照顧小狗。如果是隻頑皮的小狗，會啃外子珍藏的古書，我想外子會受不了吧。

所以，回到日本的這幾年，我只能在路上尋找柴犬的蹤影。所幸，日本是柴犬的老家，有許多人養。每當在路上看到柴犬，我都覺得那天是我的幸運日。去年開始，我和外子到公園散步時，只要一看到有人牽著柴犬出來散步，我們就會同時說：「啊！吉。」

「吉」分為「大吉」與「中吉」。

那麼，有「小吉」嗎？有的。除了柴犬以外，遇到的其他狗都是「小吉」，

それからの日々、私たちは二人とも魂が脱けたようで、英ちゃんのことを思い出しては泣いていた。実は、英ちゃんが亡くなる数箇月前に、私たちは九十七歳の祖母も送り出していて、私たちは二人の家族を急に失ってしまっていた。母は私たちの様子を見ていられず、「あなたたち姉妹は、もうペットを飼うのはよしなさい。こんなに泣いちゃって」と言った。

人間は、苦しむ為に生きているのだろうか？

私が死ぬ時は、どんなことになるのだろう？　家族には、あまり長い間私の為に悲しまないでいてもらいたいと思う。一緒に楽しく暮らした日日のことを思っていてくれたらいい。

夫と結婚してから、二人で北京大学で働くことになり、犬を飼うことはできなかった。

九年前に、私と夫は次々に東京に戻って暮らすようになった。

「柴犬を飼いたい」と夫に言うと、「駄目。又ひどく悲しむことになるから。」それもそうだ。私の方が長生きだとすれば、又悲しい思いをしなければならない。逆に犬の方が私より長生きするとすれば、犬が嫌いな夫はどうやって世話したらよいかも分からないだろう。やんちゃな犬だったら、夫が大事にしている昔の本を齧ったりして、夫は我慢できないだろ

不管看到多少隻。臺灣有句「狗來富」的諺語，那麼，每天都能看到狗，或許不會致富，但至少是件幸福的事吧。我曾經在井之頭公園散步，一路上遇到二十多隻大大小小的狗，每一隻都是叫得出品種的純種狗，與臺灣較多米克斯狗不同。比較遺憾的是，沒有一隻柴犬。

因為黑柴比較少人養，難遇到，所以剛開始，我稱黑柴為「大吉」，一般的赤柴就是「中吉」。後來，外子提醒我，小英是赤柴的顏色，當然這才是正統的「大吉」。

只要去公園散步，大致上都可以看到有主人帶柴犬出來散步。他們輕盈的步伐，堅實的體態，有個性的臭臉，讓人看了都不禁心裏意會：「啊～～這果然就是柴犬才有的樣子」。有一次運氣特別好，我一共看到了十二隻柴犬，有黑、赤，還有小豆柴。

生病的人，多多少少都會有些迷信。去年X醫師說又復發了，要去T醫師那裏做電腦刀治療。前一天，我在路上一隻柴犬也沒看到，內心感到

う。

だから、日本に戻ってからのこの数年間、私は道を歩きながら柴犬の影を探すしかなかった。幸い、柴犬は日本の犬なので、飼っている人も多い。道で柴犬を見かけると、その日は私にとって幸運な一日だと思う。去年から、私と夫で公園を散歩している時に、柴犬を連れて散歩している人を見かけると、二人で同時に「あ、吉だ！」と言うようになった。

「吉」には「大吉」と「中吉」が有る。

「小吉」は？　と言われそうだが、もちろん「小吉」も有る。柴犬ではない、それ以外の犬を見かけたら「小吉」。何匹見かけても「小吉」だ。台湾には「犬が来れば富む」という言い方が有るくらいだから、毎日犬を見かけられているなら、金持ちにはなれないまでも、幸せなことなのに違いない。私は一度井の頭公園を散歩していて、大小さまざま二十数匹の犬を見かけたことが有る。台湾の犬に混血が多いのとは違って、どれもれっきとした名前の純血種ばかりだった。ただ残念ながら、その中に柴犬は一匹も居なかった。

黒い柴犬は飼っている人が少なく、なかなかお目にかからない。それで、始めのうちは、黒い柴犬を「大吉」、普通の赤柴を「中吉」と呼んでいた。後から夫に、英ちゃんは赤柴の色だったじゃないか、と言われて思い直した。それはもちろん、赤柴こそが正統の「大

些許沮喪。

第二天一早，我和外子到了F川站等接駁車到醫院。由於時間尚早，外子提議到處走走看看。我們漫步到了S超市門口。早上八點，我們居然在S超市看到一隻睡眼惺忪的柴犬，跟她的媽媽要點心吃。我與外子看著她，很高興地與她打招呼。沒睡醒的她看了我們一眼，不想理會我們。

我心想著，這次的電腦刀治療，一定能夠順利進行。

吉」でなければおかしい。

公園に散歩に行けば、たいていは柴犬を連れて散歩している人を見かけることができる。柴犬の軽やかな足取り、締まった体型、個性有る渋い表情を見ると、「う〜〜ん、柴犬はやっぱりこれだよね」と心の中で頷かずには居られない。特に運が良かった時には、黒・赤更に豆柴と、一度に十二匹の柴犬を見かけたことも有った。

病気の人間は、程度の差こそあれ、つまらないことを信じているものだ。去年X医師から又再発していると言われて、T医師の所にサイバーナイフ治療を受けに行くことになった。その前日、私は道で柴犬を一匹も見かけることがなく、がっかりしていた。

次の日の朝早く、私と夫はF川駅で病院に行く送迎バスを待っていた。まだ少し時間が有ったので、夫が少しブラブラ歩こうかと言い、二人でゆっくり歩いてSスーパーの入り口まで来た。朝の八時、私たちはSスーパーで、眠そうな目をして、お母さんにおやつをねだっている柴犬を見かけた。私と夫は、とてもうれしくて、彼女に挨拶をしたが、まだはっきり目が醒めていない彼女は、私たちを一目見ただけで、相手にしてくれなかった。

私は、今回のサイバーナイフ治療はきっと順調だろう、と心の中で思った。

老天爺的恩賜

我時常覺得這輩子受到老天爺很多的眷顧。或者說我的身邊有善良的小精靈，一直在幫我實現我的心願。雖然是微不足道的小事，但總能讓我高興許久。或許這就是臺灣人常常說的「小確幸」。

即使是現在，也是如此。例如今年七月，我們去聽ＮＨＫ交響樂團的演奏會，七點才開始的音樂會，通常六點半開始會有團員們的額外表演，我們之前也聽過。結果那天的表演，是他們最後一次的表演，接著的八月，ＮＨＫ交響樂團要放暑假一個月，放完暑假，他們在這個時段，就要換新的企劃。我們這麼幸運，可以聽到最後一次的團員額外表演。

又例如家附近好吃的三明治店，每年夏天都會自行放暑假，最近兩次我和外子因為天氣太熱，不想煮飯，想去碰碰運氣，沒想到都有營業，而

神様からの贈り物

神様によくしてもらっているなあ、と思うことがよくある。或いは、私の傍に心優しい精霊さんたちが居て、私の願いが叶うように手伝ってくれているとでも言おうか。些細な事でも、長い間うれしい気持ちで居られる。こういう事が、台湾人がよく言う「小確幸」なのかもしれない。

今でも、そういう事がよく有る。例えば、家の近くにおいしいサンドイッチ屋さんが有るのだが、毎年夏になると自主的に夏休みに入ってしまう。最近二度ばかり、私と夫はあまりにも暑いので料理をしたくなくて、運は試しと行ってみた所、意外にも二回とも営業していて、しかも二回とも「二日間の臨時営業」に当たっていた。数日前は、スーパーで塩を買おうとして、夫に「海の塩はどれ？」と訊くと、夫は「ここに並んでいるものの中には海の塩は無い」と言うので、仕方なく精製塩を一箱買った。その夜、夫の高校の先生から電話が有り、その先生のいわきの神社で海の塩を作ったので、分けてくれると言う。次の日には、先生の奥様が手ずから炒って作ってくれた海の塩が送られてきた。すごいで

且兩次都是「臨時開業兩天」，都被我們碰到了。前幾天去超市買鹽，我問外子：「那一種是海鹽？」外子說：「這整排都沒有海鹽。」最後我們無奈買了一罐精鹽。當天晚上，外子的高中老師打電話來，說他們常磐的神社今年做了海鹽，要給我們嘗嘗看。第二天我們就收到由師母親自炒製的海鹽了。很棒對吧！

最近的一次，印象比較深刻的，是我們在東京與臺灣書法家張炳煌老師的相會。這真的是我這輩子想都沒想過的事情。

今年四月，外子換了任教學校，轉任到一個有中文系的學校。雖然薪水少了很多，但是我們都感到很興奮。畢竟，工作得要在自己喜歡的環境下，才能做得長久。

過了一段日子，外子發現幾十年來，系上只跟臺灣兩所大學有來往。尤其是中文系裏的書法專業，可以說是中文系的特色之一，卻沒有辦法有

しょう？

最近のことで、印象深かったのは、東京で書家の張炳煌先生と会えたこと。こんなことが有ろうとは、私にとっては全く想像もできないことであった。

今年の四月に、夫は勤務校を変えて、中文学科の有る学校に移った。給料はずっと少なくなったが、私たちは二人とも喜んでいた。何と言っても、自分が好きでやっているのでなければ、仕事は長続きしない。

暫くすると、夫は、この数十年来、中文学科が交流している台湾の大学が二つしか無いことを知った。特に、中文学科には書道専攻も有って、それが中文学科の特色の一つでもあるのに、台湾の中文系と上手く交流できていないのは、非常に残念なことだ。私が大学生だった頃、書道は必修だったが、現在の中文系ではどうなっているのだろう？　それで、私は大学の中文系で教えている先輩に頼んで、そちらの大学の中文系に、夫の学校と姉妹校関係を結ぶ気は無いか訊いてもらった。その際、書道専攻のことも特に説明しておいた。全く偶然の事だったが、先輩からは、中文系では張炳煌先生を教員として迎えていて、学生たちに人気だ、という話を聞いた。

夫は私に「張炳煌先生って誰？　有名な人なの？」と訊いてきた。

效地與臺灣的中文系交流，真是太可惜了。我念大學時，書法是必修課，不知道現在的中文系是否也是？於是，我拜託在大學中文系執教的學姊，詢問他們系上是否有意願與外子的學校締交姊妹校。也特別提起有關書法專業的事。

很湊巧地，學姊說系上禮聘張炳煌老師到他們系上任教，學生都非常有興趣。

外子問我：「張炳煌老師是誰？很有名嗎？」

我興奮地說：「張炳煌老師耶。是我這個世代家喻戶曉，非常有名的書法家。是臺灣書法家第一人。小學時，放學回家先看臺視的《傅培梅時間》，晚上吃飯的時候，要看華視的《每日一字》。這是我每日的功課。」

多虧學姊熱心牽線，張老師馬上就答應與外子聯絡。表示他在五月底到六月初會來東京一趟，希望到時候能與我們見面。而外子系上的老師們都表示樂觀其成，讓學生有更多的選擇。現在的大學生與我們讀書的時候

私は興奮してこう答えた。「張炳煌先生よ！　私たちの世代なら知らない人が居ない、超有名な書家なの。台湾の書家の中でも一番良い字を書く人。小学生の頃は、学校から家に帰ると、まず台湾テレビの『傅培梅アワー』◆を見て、夜ご飯の時に中華テレビの『毎日一字』を見るのが、私の日課だったのよ。」

先輩が積極的に仲介してくれ、張先生は直ぐに夫と連絡を取ることをＯＫしてくれ、五月末から六月初めに東京に来るので、一度会いたいと言ってくれた。夫の学科の先生たちも、学生たちの選択肢が増えることに賛成だった。現在の大学生は私たちが勉強していた頃とは違って、三か月から一年ぐらいの期間で海外留学を希望する学生が多い。学科でこのようなルートが提供されれば、この大学に来たいと思う若い人も増えるだろう。

私は張先生が東京に来る前の週にサイバーナイフ治療を受け、言語と文字の認知能力が恢復していた。それまでの私の悲しみは、簡単にご想像頂けるだろう。どんな字を見ても、よく知っているように思うものの、音読してみると正しく読めないことがしばしばだったから。

張先生から夫に連絡が有り、東京の帝国ホテルに泊まるので、東京に着く日に私たちと

◆【訳註】傅培梅アワー　一九六二年から始まった、台湾で初めての料理番組。

不同，出國遊學的意願比較高，時間大約是三個月到一年不等。如果系上能夠提供這樣的管道，相信會有更多的年輕人願意來唸這個大學。

我在張老師來東京前一週做了電腦刀，恢復了語言文字認知的能力。在那之前，我的哀傷可想而知，什麼字看了都像是似曾相識，但常常念不出正確的讀音。

張老師與外子聯繫，表示他住在東京帝國飯店，能否在抵達東京的當天與我們會面，在飯店喝個咖啡，談談有關兩校書法教育的計畫。對外子來說，是系上書法專業的學生或許有機會到臺灣交流；對我來說，我可以與小時候的偶像見面，是多麼幸運的事情？

到了相約的那天，外子和我坐在帝國飯店的大廳，等待著張老師。

開始下雨了。

会って、ホテルでコーヒーでも飲みながら両校の書道教育の計画についてお話できれば、とのことだった。夫にしてみれば、学科の書道専攻の学生たちに台湾に行って交流できるかもしれないということだし、私にしてみれば、子供のころの憧れの人物に会えるということで、これほど幸運なことはない。

待ち合わせをした日、夫と私は帝国ホテルのホールに座って張先生を待った。

雨が降って来た。

夫はネットで張先生の写真を見ていたので、張先生ご一行が到着すると一目で張先生の存在に気付いた。同行していた人たちは皆非常に深い敬意を以て張先生に接していたが、去り際に、誰か政治的に高い地位の人と食事会に行くから、四時四十分には集合ですよ、と先生に念を押していた。

張先生は、口を開くなり「君も『毎日一字』見ていたかな?」と私に問いかけた。私は、「もちろん、もちろん。毎日見ていました。学校から家に帰ると『傅培梅アワー』と『毎日一字』を見るのが日課でした。『毎日一字』は学校の先生から宿題として見るように言われていましたけど、先生から言われなくても毎日見ていました。張先生の書く字は本当にきれいだったので。」と答えた。

外子因為上網查過張老師的照片，當張老師一行人到來，一眼就認出張老師。同行人對張老師都非常尊敬，離去前，提醒老師四點四十分要會合，與某某政要見面吃晚飯。

張老師第一句話就問我：「你有看過每日一字嗎？」我說：「當然，當然。每天都看。放學回家就是看《傳培梅時間》與《每日一字》。《每日一字》雖然是導師規定的回家作業，但是就算老師不規定，我也會每天看，張老師寫的字實在是太漂亮了。」

外子與我盛讚張老師看起來非常年輕，說話鏗鏘有力，氣色也非常好。老師說：「我年紀很輕就上節目寫字，現在其實才七十五歲。」原來如此，我和外子都以為老師已經八十多歲了。

通常，我們會認為年紀大的老師都會比較執著，尤其是教書法的老師。張老師卻很健談，想法很新，沒有任何老派學者的架子，我和外子都很喜歡聽他說話。他目前在臺灣推廣「e筆書寫系統」，標榜書寫板上或觸控螢幕上以e筆書寫，不再需要傳統書法用具，一樣可以寫出漂亮的書法字。

夫も私も、張先生が非常に若く見えて、話す言葉も力強く、血色も大変良いことに感嘆の意を表した。先生は「私は非常に若い時からテレビに出て字を書いていましたから、今まだ七十五歳なんですよ」と言われた。なるほど、私と夫はてっきり先生は八十幾つだろうと思っていた。

一般的に、高齢の先生は考えが固く、書道の先生は特にそうだという印象が有る。ところが、先生は非常に良くお話しされ、考え方も新しく、昔の学者のように偉ぶった所も全くなく、私も夫もお話を聞いていてとても楽しかった。先生は現在台湾で「e筆」というシステムを普及させようとしておられる。タブレットやタッチパネルにe筆で文字を書けば、伝統的な書道の道具が無くとも、同じようにきれいな毛筆の字が書ける、というもので、若い人たちに書道をもっと身近に感じてもらいたい、とのことだった。「書道の先生方は私の書道電子化を邪道だと思うかも知らん。しかし、学生たちが書道に興味を失って、勉強しようと思わなくなれば、最後は書道そのものが不人気科目になってしまう。それは書道教育にとって好い事と言えるだろうか？」張先生のこの言葉は、真にもっともだと思う。

もうすぐ時間となった。

先生は、台湾のお茶を夫にお土産で持ってきたから、私たちにホールで待っているよう

讓年輕人對書法不再望之卻步。我覺得張老師說得好：「許多書法老師可能覺得我做書法e化是走了偏門，但是我們讓學生對書法沒有興趣，不願意學，最後讓書法變成冷門的學科，這樣對書法教學真的好嗎？」

時間快到了。

老師讓我們在大廳等他，他帶了臺灣的茶要給外子。我們一直請張老師直接回房間休息，不要再下來。他說就幾分鐘的功夫，很快。待張老師下樓，外面的雨更大了。他堅持把我們送出飯店，並指引我們地鐵的路線。

對初次見面的小輩這麼親切的長者，外子和我第一次遇到。一掃這段日子因生病造成的陰霾，我在心中感謝毫不知情的張老師對我們如此親切。

這是老天爺給我的恩賜。活著，就會有好事情發生。

にと言われた。私たちは張先生に、このまま部屋に帰ってお休み下さい、又ホールまで来て頂くのは申し訳ない、と言ったが、先生は、いやいや、何分もかからない、直ぐだから、と言われた。

張先生が降りてこられるのを待つ間に、外の雨はずっと強くなっていた。先生は、どうしてもと言って、私たちをホテルの出口まで見送ってくれたばかりか、地下鉄の乗り方も教えてくれた。

初対面の若輩にこれほど親切にしてくれる年長者は、夫も私もこれまで会ったことが無かった。それまで病気の為に陰鬱だった私の気持ちは一気に明るくなり、そんな私の事情を全く知らずに親切に私たちに接してくれた張先生に、私は心から感謝していた。

これは神様からの贈り物だ。生きていれば、良い事も有る。

第三部

投胎到英國／来世は英国で

人生百年

人生，不是以壽命長短作為輸贏的標準。這句話由我來說，似乎很站不住腳。其實，我更想說的是，人生根本沒有什麼事情值得拚輸贏。

罹癌之後，我如是想。

有人說，人類因為ＡＩ的發展，在二〇四〇年有望克服難纏的癌症。ＡＩ可以根據每個人的基因結構，製作出適合個人的癌症疫苗。人們不用再為癌症感到恐懼。聽起來確實是一件令人振奮，非常美好的事情。但是，當癌症能被治癒的同時，大自然會不會產生另一種模式，讓這個世界上的人類得到平衡？這是我聽到這個消息時，一方面為人類真心感到高興，一方面又擔心另有未知的大自然反撲。畢竟，即使我不在了，這個世上，我

人生百年

人生の勝ち負けは、寿命の長さで決まるものではない。私がこんなことを言っても説得力が無いが、私が言いたいのは、人生には勝ち負けなど無いということだ。

癌にかかってから、そう思うようになった。

ＡＩの発展で、人類は二〇四〇年には難敵であった癌を克服できるかもしれない、という話が有る。ＡＩがそれぞれの個人の遺伝子構造に合わせて、その人に合う癌ワクチンを作れるようになって、人間は癌を恐れる必要がなくなる、という。一見、勇気づけられる大変素晴らしいことのようだが、癌が治せるようになるのと同時に、大自然は、何か別の形で世界の人類のバランスを取ろうとするのではないか？　その話を聞いた時、私は人類の為に大変うれしく思うと同時に、大自然からの未知の反撃が心配になった。私は居なくなるとしても、この世界にはまだ多くの家族や友人が居るのだから、みんなが安全で健康に生きていけることを願わずにはいられない。

子供の頃、父からこんな話を聞いたことが有る。父が子供の頃に大人の人から聞いた実

還有許多親愛的家人與朋友。希望他們能平安健康地活著。

小時候，聽父親講起他小時候從長輩那兒聽來的真實故事：同村的一個老爺爺生病過世了。家人悲傷地準備著為老爺爺辦喪事。沒想到第二天老爺爺突然從棺木中坐起，問：「你們在做什麼？」家人們看著復活的老人，驚訝地說不出話來。問老人是否知道自己已死？老爺爺說：「好像是這麼一回事。」老爺爺說，死了之後，有個穿古裝的人出現在他面前，說：「你還沒吃夠，先回去，等吃夠了再來。」老爺爺還不太懂他的意思，就被推了一把，接著就看見家人聚集起來忙進忙出。家人們都很高興老爺爺的歸來。接下來的幾年，老爺爺身體硬朗，吃好睡好。一天，他告訴家人：「我已經吃夠了，要走了。」第二天，沒病沒痛的老爺爺在睡夢中過世。

說完這個故事，父親說，每個人一輩子能吃多久都有定數，強求不來。故事或許只是故事，不是真的。但是一個人一輩子能吃多少，早有命定，強求不來應該是真的。我想這樣相信。

際に有った出来事らしい。村の一人のお爺さんが亡くなり、家族は悲しみながら葬儀の準備をしていた。ところが、次の日になって、お爺さんは突然棺桶の中で起き上がり、「お前たち何をしとるんじゃ？」と問いかけた。家族たちは生き返った老人を見て、驚いて言葉も無かった。老人に、自分が死んだことを知っているか尋ねると、お爺さんは「どうも、そのようだな」と答えた。お爺さんによれば、死んでしまった後、古代の装束を着た人物が現れて、「お前はまだ十分食べていない。先ず帰れ。十分食べてから又来い」と言った。お爺さんがその人物の言葉を理解しかねていると、トンと押されて、気が付くと家族が集まって忙しく出入りしているのが見えた、ということだ。家族は皆お爺さんが戻って来たことを喜んだ。その後数年の間、お爺さんは身体も丈夫で、よく食べよく寝ることができた。ある日、家族に「もう十分食べた。もう行くよ」と告げると、次の日、お爺さんは病気も痛みも無い状態で、寝ている間に亡くなっていた。

父は、私にこの話をしてくれた後、一人の人間がどれだけ長く食べていられるのかは天命で決まっているものだから、長生きしたいと思って長生きできるものではない、と言った。

この話は唯の物語で、本当の事ではなかったかもしれない。しかし、一生にどれくらい

外子聽我說這個故事後，很認真地對我說：「妳可不可以從今天開始每餐少吃一些？」

「為什麼？」

「既然每個人一輩子能吃的是有限的，吃少一些是不是能活得比較長？」

「這……這樣老天爺應該會感到很為難吧。祂很忙耶。」

當我在臺灣做完第一次化療回診時，C醫師讓我先坐在簾子裏的診療床上等待。外面是另一位骨轉移的年輕小姐看診。她有點哀怨地問醫師：「C醫師，為什麼有人得了癌症，到處旅行之後就奇蹟似的痊癒了。我也到處去旅行，為什麼我不但沒痊癒，甚至還骨轉移？」C醫師慈祥地回答她：「所以才說那是『奇蹟』。大部分的人都遇不到的才叫奇蹟。」

相信很多人都曾經聽說過類似的事情，我現在的主治醫師，有一次在接受採訪時也說：「確實遇過有些人什麼都不做，卻自己痊癒了。」

食べられるかが、人それぞれに決まっていて、長生きしたいと思って長生きできるものではない、というのは本当だろう。私はそう信じている。

この話を聞いた夫は、真面目にこう言った。「今日から食事の量を少し減らしたらどう？」

「どうして？」

「一生に食べられる量が決まっているのなら、食べる量を減らせば長生きできるんじゃないか？」

「えっ？　……そんなことをしたら、神様も困るでしょう。神様も暇じゃないのよ。」

台湾で一回目の化学療法を終えて経過観察の診察を受けた際、C医師は私に、カーテンで隠された診察ベッドに座って待つように言った。その外では、骨転移の若い女性が診察を受けていた。その女性は、少し恨むような口調で医師にこう訊ねた。「C先生、癌になってから、あちこち旅行して回ったら奇跡のように治ってしまったという人が居るのは、どうしてですか？　私もあちこち旅行に行きましたが、どうして私は良くならないどころか、骨転移になってしまったんでしょうか？」C医師は彼女の問いに優しく答えた。「だからそれは『奇跡』だと言われるんですよ。大部分の人には巡ってこないことだから、奇跡なんですよ。」

但那畢竟是少數中的少數。

在臺灣開完刀後，我的心中開始感到慌張。我不知道該怎麼過我接下來的人生，該吃什麼、不該吃什麼。會不會因為吃錯了什麼，我就要死了？即使C醫師說我這一型的患者可以恢復正常生活。

但是這樣過日子太痛苦了。每天自己就是自己的心理治療師，開始學冥想、腹式呼吸，鼓勵自己。漸漸接受生老病死是人生中再自然也不過的事。

第一次聽到「生死是日常」時，我有點混亂恐慌。因為在臺灣的教育裏，長期以來比較多談「生」，少談「死」。死是多大的事情，怎麼會是日常？

我為自己的無知感到汗顏。

心中會有那麼多的恐慌，完全是因為自己自以為是，以為自己可以活到八十歲，現在一下子可能要少活三十歲，心裏怎麼不害怕？

多くの人は、似たような話を聞いたことが有るだろうと思う。私の現在の主治医も、あるインタビューで「何もしないのに、勝手に治ってしまった、という例も確かに有りました」と言っていた。

しかし、それは飽くまでも例外中の例外の話だ。

台湾で手術を受けた後、私は心の中で慌てだした。これからの人生をどう生きればよいのか？　食べてよいのは何で、食べてはいけないのは何か？　食べるべきでないものを食べたら、死んでしまうのではないか？　C医師は、私のタイプの患者はこれまでどおりの生活をしてよい、と言ってくれたけれど。

しかし、こんな風に暮らすのは苦痛だった。毎日、自分で自分のセラピストになって、瞑想したり、腹式呼吸をしたりして、自分を励ました。そして徐々に、生老病死は人生の中で最も自然なことなのだ、ということを受け容れられるようになった。

「生死は当たり前のこと」という話を初めて聞いた時、私はちょっと混乱して慌てた。というのも、台湾の教育では、昔から、「生」については色々と言われるが、「死」について語られることはあまり無いからだ。死ほど重大な事件も無いはずなのに、それが当たり前だなんて。

做了正規的治療之後，不是吃了什麼就可以永遠地存活。當然前提是我沒有亂吃怪東西，是正常而均衡的飲食。不熬夜、好好睡覺，適度地運動，不勉強自己一定要每天走多少步，順其自然。

市面上有一些抗癌書，說某某人因為吃了什麼，不吃什麼，從原本的癌症末期卻存活至今。有些人甚至因此痊癒了。剛開始，我買了各種各樣我覺得有可能派得上用場的書，並將這些書的內容奉為圭臬；現在，我把這些書當作勵志小品。因為，癌症是一人一例，這些為了讓我們延命的食物，適合別人不一定適合自己。

在第一次轉移之前，我觀察到與我一起生活的家人很辛苦。我認真地執行書中所寫，從飲食到生活習慣，為了幫助我延命，他們都全力配合我。「真的有必要這樣嗎？」我一直思索這個問題，即使生病了，我應該讓身邊的人免於為我擔心，為什麼反而讓他們這麼辛苦？得了癌症，好像拿了一張「金牌」，大家都要聽我的。很奇怪吧！

私は自分の無知を恥ずかしく思う。

私が混乱し慌てたのは、自分で勝手に、自分は八十歳まで生きられるものだと勝手に思い込んでいたからなのだ。それが、生きられる時間が急に三十年も短くなることになったのだから、不安になるのも当然であろう。

正規の治療が終わった後は、何かこれを食べれば永遠に生きていられるというような話ではない。もちろん、私は変なものを矢鱈に食べたりせず、正常でバランスの取れた食事を摂っているし、夜更かしはしないで睡眠を良く取り、適度の運動をして、毎日必ず何歩歩くといった無理はせず、自然な状態を維持している。

市場に出回っている癌対策の本には、誰誰は何を食べて、或いは何を食べずに、末期癌だったのに現在でも元気にしている、完治してしまった人もいる、といったことが書かれている。始めは、私も自分で役に立ちそうだと思う本を色々と買って、書かれた内容を真に受けて実行していたが、今では、これらの本は人々を元気づけるお話だと考えている。何故なら、癌は人それぞれで、延命に役立つと言われる食べ物も、他の人にはそうでも、自分にもそうであるとは限らないからだ。

一度目の転移の前、私は一緒に生活している家族に大変な思いをさせていることに気付

在日本的路上、電車中，時常可以看到「人生百年的時代已經來臨了」這樣的廣告宣傳。確實在醫療發達的日本，已經越來越有能力做到。有能力的中年人開始更積極準備自己老後的生活。有計畫的人生是好的。但是生病之後，我開始感到疑惑：「到底有誰承諾我們可以活到百歲嗎？」

不過，以前我確實也有自己至少可以活到八、九十歲的想法。畢竟我的祖母活到九十七歲，祖父雖然五、六十歲就生病過世，但那是因為家裏碰到兩次火災，而且兩次全都是被隔壁波及所致，祖父因此而積鬱成疾；外祖父母也都是九十多歲的高壽過世。父親的弟弟妹妹們、母親的十四個兄弟姊妹，除了三舅舅與四舅舅生病過世外，舅舅、阿姨們都被子女們照顧得很好，大舅舅更是在去年一百歲生日過完沒多久，在睡夢中去世。其他長輩們，不是正處於九十多歲，就是朝著「八」、「九」字頭邁進。那麼，我會有這種想法是再自然也不過的事了。

いていた。私は、飲食から生活習慣まで、本に書かれていることに従って実践していたが、私に長く生きさせる為に、家族も全力でそれに協力してくれていた。「本当にこんな風にする必要があるのだろうか？」私はずっと考えていた。病気になっても、私は周りの人たちに心配させないようにするべきなのに、どうしてみんなにこんな大変な思いをさせているのだろうか？　癌になったのが錦の御旗のようになって、みんな私の言う事を聴かなければならないなんて、おかしな事でしょう。

日本で道を歩いたり電車に乗ったりしていると、「人生百年の時代が既に来ている」といった宣伝文句をよく見かける。医療の発達した日本では、確かに、人生百年がますます容易に実現できるようになってきている。能力の有る中年の人人は、自分の老後生活に向けた準備を積極的に始めている。人生に計画が有るのは良いことだ。しかし、病気になってから、私は疑問を感じるようになった。「一体誰が、私たちは百歳まで生きられると言ったのか？」

とはいえ、私は以前、確かに自分は少なくとも八九十歳までは生きられるものと思っていた。何と言っても、私の父方の祖母は九十七歳まで生きたし、祖父は五六十歳で病没したが、それは、家が二度の火災に遭い、しかも二回とも隣からの貰い火事で、祖父はそれ

以前讀過「黃粱一夢」的故事，我曾經在要考碩士班時做過類似的夢。那段日子，我的生活就是學校上課、沒課圖書館讀書、回家。有一天，念書念得有點倦了，我趴在圖書館的桌上稍微休息，但我馬上就睡著了。夢中，我考上了碩士班、博士班，當上了大學教授。結了婚，最後，兒孫滿堂。唯獨想看清自己丈夫的長像不可得。因為看得太賣力，就這樣醒了過來。看看手錶，才過了十分鐘。我以為這就是自己的人生，一定非常順利，平靜。

就在二〇二四年的現在，我的腦轉移又惡化了，X醫師說，ENHERTU已經無效了。要我們去做基因檢測：「一百個人中有十個人可以找到非常有療效的藥。機率還不算太低。」當天晚上，外子告訴我，他在網路上查到，在日本，通常當癌症沒有藥可以醫時，才會動用到基因檢測，一人一生當中只能用一次健保做基因檢測。若有需要再做，得要自費。過了一個月，結果出來了。X醫師在看了報告後說：「很可惜，什麼都沒顯示。」其實我

が原因で気を病んで重病になってしまったものだし、母方の祖父母も二人とも九十幾つの高齢で亡くなっている。父の弟や妹たちも、母の十四人居る兄弟姉妹も、三番目の叔父と四番目の叔父が病気で亡くなったのを除けば、全員息子・娘たちに面倒を見てもらって元気にしているし、一番上の叔父は去年百歳の誕生日を祝って間もなく、夜寝ている間に息を引き取った。他の伯叔父・伯叔母たちも、九十何歳になっているか、そうでなくても八十九十に差し掛かっている。だから、私が自分も八九十歳までは生きるものだと思っていたのはごく自然なことだ。

昔、「黄粱一炊の夢」の故事を読んだことが有るが、私自身も修士課程入学試験の準備をしていた頃に、似たような夢を見た。

その頃の私の生活は、学校に行って授業を受け、授業が無ければ図書館で勉強して、家に帰る、というだけのものだった。ある日、勉強していて少し疲れたので、図書館の机に突っ伏して休憩していたが、直ぐに眠ってしまった。夢の中で、私は修士課程・博士課程と進み、大学教授になった。結婚して、最後は多くの子や孫に恵まれた。しかし、自分の夫がどんな顔をしているのか、と思ってもよく見えない。何とか見ようと懸命に力を入れた所で、目が醒めた。腕時計を見ると、僅か十分間しか経っていなかった。私は、自分の

和外子本來就不抱任何希望，得知這個結果也沒有什麼心情上的起伏。而且我現在也不是沒有做任何治療，X醫師讓我用與ENHERTU同類型，但藥效不那麼強、由賀癌平公司研發的KADCYLA（臺灣翻成賀癌寧）。我們不知道接下來會如何，X醫師是自然派，這是我們喜歡X醫師的原因，他不會讓病人做過度的、痛苦的治療。讓病人最後過著有尊嚴的生活。這也是我和外子所希望的。

因為「死」，是再自然不過的事。（我一直在改變自己的生死觀，好像快要成功了。）

英國綏夫特的《格理佛遊記》，大家最耳熟能詳的是〈小人國遊記〉。但除了小人國、大人國，還有一個鮮為人知的，關於「長生不死之人」的故事。這裏講述的是格理佛來到了「拉格那格」這個國度，當他知道這個國家有長生不死之人，感到無比地興奮。

人生はこんな風に、順調で、穏やかなものに違いないと思っていた。

二〇二四年の現在、私の脳転移は又悪化した。X医師は、ENHERTUがもう効かなくなった、と言って、ゲノム検査に行くよう勧めてくれた。「百人に十人ぐらいは、非常に有効な薬が見つかるので、可能性は低くありません。」ということだった。その夜、夫がネットで調べたことを教えてくれたが、日本では、癌に効く薬がもう無い、という状態になって初めてゲノム検査をするのが普通で、健康保険でゲノム検査ができるのは一生に一度だけで、二度目をする場合は自費になるらしい。一か月後に、結果が出た。X医師は結果報告を見て「残念ですが、何も出ませんでした」と言った。しかし、私も夫も元々期待していなかったので、この結果を知らされても特に何とも思わなかった。それに、現在でも全く治療を受けていないわけではなく、X医師はENHERTUと同類型の、但し効果は少し弱い、ハーセプチンの会社が開発したKADCYLA（台湾での呼び名は「賀癌寧」）を投与してくれている。今後どうなるのかは分からないが、X医師は無理をしない主義で、そこが私たちがX医師を気に入っている理由だ。X医師は患者に、過度の苦しい治療を受けさせることがない。患者に最後まで尊厳有る生活を送らせること。それは、私と夫の希望でもある。

格理佛遊歷到拉格那格國，該國地位顯赫的人問格理佛是否看過他們國家的「斯楚德布拉格」（即長生不死之人）◆。當格理佛說「沒看過」後，難掩心中的喜悅，兀自侃侃而談自己對長生不死之人種種美好的幻想。並表示若自己成為命定的長生不死之人，會有一些什麼生活規劃。聽得拉格那格國人目瞪口呆，其中也不乏對他的嘲笑。

當格理佛察覺了他們異樣的眼光，從他們口中，才知道有關這個國家的長生不死之人的真相，拉格那格人對他說：

問題不在於是不是選擇永遠處在青春的巔峰，既茁壯又健康，而在於如何隨著老年帶來常見的種種不便，度過永生。因為雖然很少人會公開承認自己想要在這種艱難的情況下長生，……

他們的舉止通常像其他凡人一樣，一直到三十歲左右，之後就

◆綏夫特著，單德興譯注：《格理佛遊記》（臺北：聯經出版，二〇二二年十月四版）

何故なら、「死」ほど当たり前の事は無いからだ。（私は自分の死生観を変えようとしてきていて、もうすぐ変えられそうだ。）

英国のスウィフトが書いた『ガリヴァー旅行記』で、誰もがよく知っているのは小人国のお話だが、小人国・大人国の他に、あまり知られていない「不死人間」のお話が有る。ガリヴァーは、ラグナグという国にやってきて、その国にはどんなに歳を取っても死なない人々が居る、と聞いて、非常に興奮したというお話だ。

諸国を巡ってラグナグまで来たガリヴァーは、その国の高貴な人物から、彼らの国の「不死人間《ストラルドブラグ》」を見たことがあるかと訊かれる。ガリヴァーは「ない」と答えるが、嬉しさを抑えきれず、不死の人に対する様々な素晴らしい夢を滔滔と語りだし、仮に自分が不死人間であったなら、自分の人生をどのようにしていくか、まで説明する。それを聞いたラグナグの人々は、あっけにとられ、彼を嘲笑する人たちも少なくなかった。

ガリヴァーは彼らが自分を変な目で見ていることに気付き、彼らの口から、この国の不死人間の実情を教えられることになる。ラグナグの人は彼にこのように語った。

問題は、永遠に青春の頂点の状態で引き続き健康であることを選ぶかどうか、とい

逐漸憂鬱、沮喪，一直到八十歲。這是他從長生不死之人自己的告白中得知的，否則一個時代裡那種人不超過兩三個，人數少得無法提供普遍的觀察。當他們八十歲時——這被認為是此國壽命的極限——不但有其他老人所有的愚蠢和毛病，還有更多是來自永遠不死這種可怕的遠景。他們不僅固執己見、脾氣乖戾、貪得無厭、個性孤僻、驕傲自大、喋喋不休，而且無法結交朋友，對於所有天生的感情麻木不仁，因為他們的感情只到孫子這一代，就不再往下延伸了。嫉妒羨慕和心餘力絀是他們的主要感受，……每次看到葬禮，他們就哀嘆、埋怨別人去了安息之港，自己卻永遠沒有希望抵達。他們除了在青年和中年時所學到、看到的事之外，其他都沒有記憶。……

一旦他們到了八十歲的年限，在法律上就視同死亡；他們的繼承人立刻繼承家產，只留給他們少量津貼維持生活所需，窮人則受到公費的照顧。從那個年紀之後，他們無法從事任何信託或營利的

うことではなくて、どうやって老化に伴って普通に見られる様々な不便と共に永遠の生を過ごすのか、ということだ。そのような困難な状態で長生きしたいと公言する人は殆どいないが、……

彼らは通常、三十歳前後までは他の普通の人々と変わることが無いが、その後は八十歳まで、どんどんと憂鬱で元気が無くなっていく。……これは、彼が一人の不死人間から直接聞いた話だ。不死人間は一世代に二三人しか居らず、一般状況を観察するようなことは不可能なので、直接話を聞くしかないのだ。彼らは八十歳――この国では寿命の限界と考えられている――になると、他の老人同様の愚かさと欠陥を持つだけではなく、永遠に死ねないという恐るべき未来図が引き起こすより多くの問題を抱える。彼らは依怙地で、貪欲で、独りよがりで、尊大で、愚痴っぽく、人付き合いができず、何事にも感情が動かない。というのも、彼らの感情は孫の代までで、それ以上には及ばないからだ。嫉妬と羨望と、欲望を実現する能力の欠如が、彼らの主要な感覚であり、……葬儀が有る度に、彼らは他人が安息の港に行ってしまったのに自分は永遠にそうなることがないことを悲しみ恨む。彼らは青年期に学び、見たもの以外には、何も覚えていない。……

工作，不能夠買土地、租賃，也不許作為民事或刑事案件的證人，連充當決定地標和地界的證人都不行。

九十歲時，他們掉牙齒、掉頭髮；到了那個年歲，分辨不出口味，只是拿到什麼就吃喝什麼，沒有任何滋味或胃口。

原先會生的病照生，沒有增減。他們在談話時，忘了一般東西的名稱或人名，甚至忘了最親近的朋友、親戚的名字。基於同樣的原因，他們從來無法以讀書自娛，因為記憶力無法從句首維持到句尾。……

這個國家的語言一直在演變，因此一個時代的長生不死之人無法了解另一個時代的長生不死之人；過了兩百年後，除了幾個一般的字眼之外，他們也無法與身為凡人的鄰居交談，因此在自己的國家裡生活得很不方便，有如外國人。……

後來有些朋友幾次帶長生不死之人來，讓我見過五、六個不同

彼らが八十歳の年齢に達すると、法律的には死亡扱いとなり、それぞれの相続人が直ちに財産を相続し、彼らの手元には生活維持に必要な僅かのものしか遺らない。貧乏人であれば、公費で面倒を見てもらう。その年齢以降、彼らは一切の信託あるいは営利の仕事に従事することができず、土地を買うことができず、民事・刑事事件の証人になることもできず、土地区画を決める証人となることもできない。

九十歳では、歯が抜け、髪の毛も無くなる。その歳では、味も分からないので、手にしたものを飲み食いするだけで、何の味もしないし食欲も湧かない。

以前から持っていた病気は変わらず、増えも減りもしない。話をしていても、普通の物の名前や人名が出てこない、最も親しい友人や親戚の名前も忘れてしまっている。同じ理由で、読書を楽しむこともできない。文の初めから終わりまで、記憶力が維持できないからだ。……

この国の言語は常に変化しているため、ある時代の不死人間は、別の時代の不死人間のことを理解できない。二百年も経つと、限られた普通の文字を除いては、凡人である近所の人々と会話することもできないから、自分の国で生活していても、不便なことはまるで外国人のようだ。……

時代的長生不死之人，其中最年輕的不超過兩百歲。雖然他們聽說我遊蹤遠布，見過全世界，卻連問我問題的一絲絲好奇心都沒有。

……

各種人都視他們為惡兆。

當初在臺灣，從外子那兒知道這個故事，迫不急待地買書來看。看完後，幾乎可以聞到從書中飄出陣陣的腐朽味。長生不老是自古以來人們的終極企望，可是活得久真的好嗎？我覺得，健康地活得久做為前提，才是一件值得高興的事情。只是我們看到目前的年長者們，大部分是抽屜一拉開就可以拿出滿滿的藥袋，看了都令人不捨，每天按三餐吃一大堆藥，臺灣人說的：「吃藥當吃補。」

我與外子在這件事上，從以前就有一個共識，六十歲以後不寫學術文章，因為六十歲以後所寫的文章內容，就剩老生常談。在能夠自理的範圍

その後、何人かの友人が不死人間の人を何度か連れて来て、私は五六人の異なる時代の不死人間に会うことができたが、その中で一番若い人は二百歳を超えていなかった。彼らは、私が色々な所を旅行してきて、世界中を見てきたと聞いても、質問一つする程の僅かな好奇心も持っていなかった。……

誰もが、彼らを不吉なものと考えていた。

以前台湾で、夫からこの話を聞いて、私はすぐさま本を買って読んだ。読んでみると、本の中から腐敗臭が滲みだしているような気さえした。不老長寿は昔から人類の究極的な願望としてあるが、長生きは本当に良いことなのか？　それは、健康に長生きできるという前提が無ければ、喜ばしいことではないだろう。しかし、現在の老人たちは、大抵が薬袋で引き出しを一杯にしていて、見るのも気の毒だ。毎日三度の食事に合わせて山のような薬を呑むのは、台湾人の言い方では「薬を呑むのを栄養補給と思っている」ようなものだ。

この問題に関して、私と夫は、以前から考えが一致している。六十歳を超えてから書く文章は、同じことの繰り返しばかりになるから、六十歳以降は論文を書くまい。自分で自分の生活の面倒が見られて、しっかりと生きていられるのは、大体七十歳ぐらいまでだろ

內，好好地活著，大致上就是七十歲。

雖然現在我沒辦法達到，但是我鼓勵外子，一定要好好的活著。他可以看到比我多一倍的美麗世界。我也相信，看完《格理佛遊記》這個故事，大部分的人都不想要當「長生不死」之人。

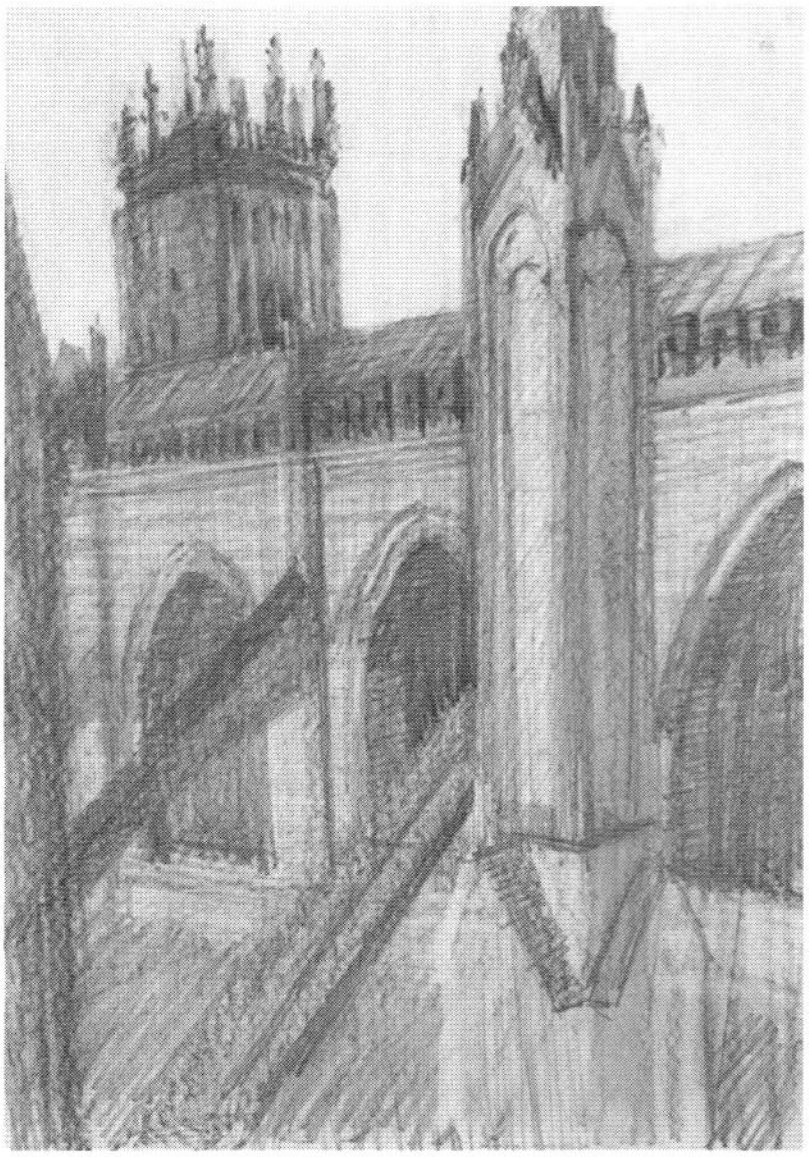

う、と。

私はもうそこまでは生きていられないが、夫には必ずしっかりと生きるように言っている。夫には、美しい世界を私の倍見てもらおう。私は、『ガリヴァー旅行記』を読み終わって、不死人間でありたいと思う人は殆どいないだろう、とも思う。

AZ與第一三共

日本的第一三共(Daiichi Sankyo)與英國的阿斯特捷利康(Astra Zeneca)共同開發了ENHERTU。這兩家製藥廠大家都耳熟能詳。

二〇二〇年，美國FDA與日本衛生部門同時承認ENHERTU的療效，將此藥納入健保中。這是非常罕見的事情。

通常，日本是等美國納入健保後幾年，確定成效後，才會宣布納入健保。這次與美國同步，說明這個藥非常有效。很可惜臺灣未納入健保。

COVID 19疫情期間，臺灣剛開始買不到疫苗，自己的疫苗也還沒製造出來。最後是靠日本捐贈AZ的疫苗給我們，一共三百四十萬劑，這麼大數量的疫苗。雖然當時臺灣為了這批疫苗鬧得沸沸揚揚，但總算風波平息，我們也平安無事。

ＡＺと第一三共

ENHERTUは、日本の第一三共と英国のＡＺ（アストラゼネカ）が共同で開発した。二社ともに有名な製薬会社だ。

二〇二〇年、アメリカＦＤＡと日本の厚労省でENHERTUの効果が同時に認められ、日本では健康保険で使えるようになった。これは、非常に珍しいことであった。

アメリカで承認されてから、日本で健康保険で使えるようになるまでには数年かかるのが通例で、ENHERTUについてアメリカと同時に認められたのは、効果が非常に良かったからだ。残念ながら、台湾ではまだ健康保険で使えない状況だ。

コロナ流行の時、台湾では始め、ワクチンが買えず、自前のワクチンもまだ出来ていなかった。最後は、日本から贈られたＡＺのワクチンに助けられた。全部で三百四十万回分という、大量のワクチンだった。当時、台湾ではこのワクチンをめぐって様々な騒動が有ったが、何とか収まって、私たちも無事に過ごすことができた。

私は台湾でＡＺワクチンを二回打った。日本には感謝している。

我在臺灣打了兩劑AZ。謝謝日本。

去年暑假，我與外子回福島公公、婆婆家。他們正在看英國溫布敦網球公開賽轉播。公公一生中最大的興趣就是打網球，我和外子剛結婚的時候，公公婆婆還帶我們去網球場打網球。

大會特別邀請了AZ疫苗研發者之一莎拉・吉爾伯特（Sarah Gilbert）到場觀賽。當播報員介紹她時，現場的觀眾馬上投以熱烈的掌聲。但遲遲沒見到她向大家回禮。若不是攝影記者將鏡頭對準了莎拉・吉爾伯特，我甚至不知道是哪一位。

剛開始，我看她的表情非常不自在地左顧右盼，同時，不想站起來接受大家表揚。她或許覺得，這不是什麼值得大費周章表揚的事。越來越多人起立鼓掌，她才靦腆地站起來，接受全場觀眾的致意。

將AZ疫苗的專利權放棄，是多麼令人敬佩的行為。也就是說，全世界的國家，都可以無償製作這款疫苗。她與團隊的目的，就是要讓全世界

去年の夏休み、私と夫は福島の夫の父母の家に帰った。夫の父母は、ちょうど英国ウィンブルドン・オープン・テニスの試合を中継で見ていた。義父の生涯最大の楽しみはテニスをすることで、私と夫が結婚したばかりの時、義父母に連れられてテニスコートに行ってテニスをしたことも有った。

ウィンブルドン主催者は、AZワクチンの開発者の一人であるサラ・ギルバート（Sarah Gilbert）を観戦に招待していた。アナウンサーが彼女のことを紹介すると、会場の観衆たちから熱い拍手が湧き上がった。しかし、彼女が観衆に挨拶する場面はなかなか見られなかった。カメラマンがサラ・ギルバートをズームで映してくれなかったら、どれが彼女なのか見分けがつかなかった。

始め、彼女はとても困惑した表情で回りを見渡し、立ち上がって皆の賞賛を受けるようなことはしたくない様子だった。そんなに大袈裟に褒められるようなことではない、と思ったのかもしれない。しかし、人々が次々に立ち上がって拍手するようになったので、彼女も恥ずかしそうに立ち上がって、会場全体の観衆からの謝意を受け容れた。

AZワクチンの特許権を放棄するというのは、全く敬服する以外無い立派な行為だ。これによって、世界中どの国でも、このワクチンを無償で製造できることになった。彼女と

比較貧苦、沒有能力的國家也享有這款有療效的疫苗。病毒面前，人人平等。世界上有這麼無私的人，真是全人類之福。

因為這件事情，我對英國AZ公司有了很好的印象。也更加敬佩這些病理研究醫師。

第一三共更不用說，它出產的胃腸藥，更是我們娘家每個家庭的常備藥。它也是日本有名的藥廠之一。沒想到他與AZ合作，做了這麼厲害的藥。

AZ與第一三共共同研發出了ENHERTU，是我二〇二一年回到東京打的第一種藥。X醫師原本要讓我打KADCYLA，後來卻發現我腦轉移。不慌不忙的X醫師，除了讓我們去T醫師那裏處理長得滿腦的腫瘤，還說：「先處理幾個比較大的腫瘤。然後我們來打ENHERTU，是目前針對HER 2最有效的藥。甚至可以到達腦部。」

腦屏障是對腦部的保護，但是對我這種在腦裏長了腫瘤的人來說，真

そのチームは、世界中の貧しく、能力に乏しい国国にこの有効なワクチンを使ってもらおうと考えていた。ウィルスの前に、人は皆平等だ、という考えだ。この世界に、これほど無私の人が居てくれたことは、正に全人類にとっての幸せだ。

このことが有って、私は英国のAZには良い印象を持っていた。そして、病理研究をする医師たちには、深い敬意を持つようになった。

第一三共は言うまでも無く、私の実家と兄弟姉妹の家では、第一三共胃腸薬が常備薬だ。第一三共は日本でも有名な製薬会社だ。その第一三共がAZと共同で、こんなすごい薬を作ったのだった。

AZと第一三共が共同開発したENHERTU、これが、私が二〇二一年に東京に戻ってから初めて打ってもらった薬。X医師は当初KADCYLAを使うつもりでおられたが、その後脳転移が有ることが分かり、冷静なX医師は、T医師の所で脳一杯に出ていた腫瘍を処理してもらうよう手配してくれた上で、「まず大きな腫瘍を処理して、それからENHERTUをやりましょう。これは、現在HER 2に一番効くお薬で、脳にも効果が有ります」と言った。

脳関門は脳を護ってくれるものだが、私のように脳に腫瘍が有る人間にとっては、厄介

是令人感到棘手。恨不得這些藥都能如入無人之境，到達腦裏，消滅腫瘤。

ENHERTU讓我延長了壽命。我活到了現在。雖然目前我開始對ENHERTU產生了抗藥性，現在打的藥是最初X醫師要幫我打的藥（KADCYLA）。但是ENHERTU在我心目中，仍然是非常非常棒的藥。

我這麼誇讚它，請別誤會藥廠是否給我好處。只是這款藥在我身上產生的效用，讓我覺得人類能夠治癒癌症，是指日可待的事情。

很多癌症倖存者可以長期存活，他們認為最大的關鍵不是打了什麼了不起的藥物，而是家人與朋友的愛與關照，畢竟癌症對我們來說，還有很多無法解釋的問題。我從沒有冀望可以靠這款藥就讓癌症痊癒，現在都說只要能夠讓腫瘤不再無限制擴大，無需全部消滅，就是最好的消息。讓癌症成為慢性病，是現代醫學的目標與共識。

なものだ。薬が、誰にも邪魔されずに自由に脳まで入って、腫瘍を消滅させてくれたらいいのに、と思わずにいられない。

ENHERTUは私の寿命を延ばしてくれた。おかげで、今まで生きてこられた。今では、ENHERTUに耐性が出始めてしまったので、現在打ってもらっているのは、X医師が始めに使う予定だった薬（KADCYLA）だ。それでも、私の心の中で、ENHERTUはやはり、とてもとても素晴らしい薬だ。

こんな風に賞賛していると、製薬会社から何か見返りを受けているのではないかと思われかねないが、もちろんそんなことはない。私はただ、この薬の効果を我が身に体験して、人類が癌を克服できる日も遠くない、と感じさせられているのだ。

癌に罹《かか》っても、長く生きていられる人は沢山居る。そういう人たちは、一番大事なのは、どんなすごい薬を使ったかではなく、家族や友人が自分を大事にして面倒を見てくれていることだ、と言う。私たちにとって、癌はまだ、分からないことばかりだからだ。私もこの薬で癌を完治できると思ったことはない。腫瘍を全て消滅させる必要はなく、腫瘍がむやみに拡大しないようにできれば、それが一番だ、というのが現在の一般的な考え方だ。癌を慢性病にする、というのが、現代医学の目標であり共通認識なのだ。

藥師琉璃光如來

今年四、五月，我發現自己的語言能力出現問題時，感到萬念俱灰。我的家人們也意識到我好像不太對勁。除了化療藥物，大家都在幫我想辦法如何幫我度過難關。大哥與大嫂託他們的朋友找來了《藥師琉璃光如來本願功德經》的書冊，從臺灣寄來，讓我每天好好讀經，說會「迴向」給自己。（當時我甚至連「迴向」是什麼意思都不懂，還一直追問了外子好多次。）

說老實話，那時的我，連字都不一定看得懂，更遑論讀經。但是我還是答應了哥哥。一個字一個字慢慢地看下去。

第一次接觸到「藥師」，是在奈良的「藥師寺」。在那之前，我聽妹妹說她晚上睡覺前，都會幫我念《藥師經》。我後來才知道原來《藥師經》

薬師琉璃光如来

今年の四月五月ごろ、自分の言語能力に問題が起きていることに気付いた時、私は深い絶望を感じた。

私の家族も、私の様子がおかしいようだと気付いた。化学療法の薬の他には、周りのみんなが私が何とか危機を乗り超えられるよう、色々と考えてくれていた。兄と兄嫁は、知り合いに頼んで『薬師琉璃光如来本願功徳経』の冊子を手に入れ、台湾から送ってきてくれた。毎日ちゃんと読経すれば、自分に「回向」できるから、とのことだった。（その時は「回向」がどんな意味かも分からず、何度も夫に訊ねていた。）

本当の所、その時の私は、字も読んで理解できるとは限らなかったので、読経なんてとても無理だった。それでも、兄には分かったと言って、一字一字ゆっくり見ていった。

初めて「薬師」と出会ったのは、奈良の「薬師寺」でのことだ。その前から、妹が、毎晩寝る前に私の為に『薬師経』を読み上げてくれているという話を聞いていた。後で初めて『薬師経』がこんなに長いものだと知ったが、妹は「そうよ、とても長いの。だから毎

這麼長，妹妹說：「是喔，很長，所以每天晚上我都很忙。」

那天我們是先去了奈良的古墨鋪，訂製三塊墨。與店家商量好後，外子跟我說：「這附近有『藥師寺』，我們去看看嗎？」「好啊。但是現在來得及嗎？已經四點了。」「我們坐計程車去，應該沒問題。」

果然到了藥師寺門口，已經是四點半了，我們剛好趕上最後一批訪客入寺。雖然藥師寺有一千三百年的歷史，但是整座寺只有東塔未被戰爭摧毀，其他都是重建重整過的。每尊神像都莊嚴肅穆，我和外子不敢出聲，安靜地參拜著。臨去前，我們買了藥師如來的符，與一組藥師如來、日光、月光菩薩的照片回家。我問外子：「如來與菩薩怎麼分？」外子說他也不知道。不過當天晚上，他就跟我說：「我查過了，簡單的說，『如來』是已經修練完成，『菩薩』是仍在修行中。」

回到家，我們將藥師如來的符、照片組貼在通往閣樓的牆上。每天睡覺前，都會向藥師如來的符膜拜、道晚安。

晩私はとても忙しいのよ」と言った。

その日、私たちは奈良の墨屋に行って、墨を三つ作ってくれるよう頼んだ。店員との話が済むと、夫は私に言った。「近くに『薬師寺』が有るけど、行ってみる?」「いいよ。でもこれからで間に合う? もう四時だよ。」「タクシーで行けば間に合うだろう。」

薬師寺の入り口まで着いた時は、既に四時半で、私たちは何とか最後の参拝客として入ることができた。薬師寺は千三百年の歴史が有るとはいえ、戦争の破壊を免れたのは東塔だけで、それ以外の建物は全て再建整理されたものだ。仏像はいずれも堂々と威厳有るもので、私と夫は声も立てずに静かに参拝していた。帰り際、私たちは薬師如来の護符と、薬師如来と日光・月光菩薩の写真を買って家に帰った。夫に「如来と菩薩は何が違うの?」と訊ねたが、夫も知らないと言った。それでも、夜になって、「調べてみたよ。簡単に言うと、如来は修練して悟った仏、菩薩はまだ修行中の仏」と教えてくれた。

家に帰ると、私たちは薬師如来の護符とセットの写真を、屋根裏に通じる階段の壁に貼った。毎日寝る前に、薬師如来の護符を拝んで、お休みの挨拶をしている。

ある晩、夫が訝《いぶか》し気に私を見ながら言った。「何してるの? 薬師さんにまだ何かお願いが有るの?『お休みなさい』だけでそんなに時間かかるはずはないでしょう?」

一天晚上，外子疑惑地看著我：「妳在做什麼？對藥師還有其他的祈求嗎？不然為什麼道晚安要這麼久？」

完成儀式後，我說：「喔，我說錯了，得要重來。」

「說錯什麼？」

「因為我跟藥師不熟，只知道日本女星藥師丸博子，每次跟藥師說晚安的時候，『藥師琉璃光如來』都說錯成『藥師丸琉璃光如來』，我怕藥師會生氣，所以要重來。」外子聽完，不可置信，露出怎麼可能會發生這種事的表情。我這樣反覆說錯了好多個晚上，終於有一天一次成功，高興得不得了。之後再也沒有出過錯了。

另一個印象深刻的是高知縣國分寺的藥師。那天外子租了車，我們開車到國分寺。是四國八十八個靈場中第二十九個。這裏平常人煙罕至。我們將車停在外面的停車場，走路進去。沿途看到的排水溝，水質非常清澈。雖然沒有遊客，寺方該整修的地方還是在整修，裏面有三、五個師傅正在

儀式を終えてから、私は答えた。「ん、言い間違えたから、やり直してたの。」

「何を言い間違えたの？」

「薬師さんとは馴染みが無くて、日本のスターの薬師丸ひろ子だけは知ってるから、薬師さんに『お休み』を言う時に、『薬師琉璃光如来』と言う所でいつも間違って『薬師丸琉璃光如来』と言ってしまって、薬師さんが気を悪くするといけないので、始めからやり直してたの。」それを聞いた夫は、私の話が信じられないという風で、「ありえない」という表情を浮かべていた。私は何晩も繰り返し同じ言い間違いをしていたが、ある日、終に一度で正確に言うことができるようになって、飛び上がるほど喜んだ。それからは、もう言い間違いをしたことが無い。

もう一つ印象深かったのは、高知県の国分寺の薬師さんだ。その日、夫が車を借りて、二人で車で国分寺まで行った。四国八十八霊場の第二十九番に当たる。普段は人が殆ど来ない所だ。私たちは車を外の駐車場にとめて、歩いて行った。道の脇に見える排水溝は、水が非常に澄んでいた。観光客は居なかったが、整備されるべき所は整備をしていて、中では何人かの職人が働いていていた。お寺の方にお願いして、手続きをすると、解説員の方が私たちを案内して参観させてくれた。

工作。我們向寺方說明來意，辦好手續，解說員帶我們進去參觀。

最後，我們在展廳看到了有一尊平安時期，大約是公元一千年左右的藥師像；另一尊是鎌倉時期的，大約是公元一千兩三百年左右，這裏的藥師的造型與其他不太相同，祂們伸出一隻手，對著我們。外子用中文小小聲地對我說：「你看，藥師拿藥給你呢，ENHERTU。」當時ENHERTU對我來說還是非常有效的。解說員聽到了我們的對話，雖然聽不懂我們在說什麼內容，還是問我們從哪裏來。外子跟解說員說我是臺灣人，解說員很高興地說第一次有臺灣人來參觀。後來我們才知道藥師拿藥罐對著信眾，是日本的藥師像都是如此的。

回來說說《藥師經》，第八大願有：

願我來世，得菩提時，若有女人，為女百惡之所逼惱，極生厭離，願捨女身。聞我名已，一切接得轉女為男，具丈夫相，乃至證得無上菩提。

最後に、私たちは展示室で、平安時代の、西暦で一千年前後の薬師像一体を見た。もう一体は鎌倉時代、西暦では千二三百年ごろのもの。ここの薬師さんは形が独特で、一本の手を私たちに向けて差し出している。夫は小声の中国語で私に「あれ見て、薬師さんが薬をくれてるよ、あれENHERTUだね」と言った。その頃、ENHERTUは私にとても効果が有った。解説員の方は、私たちの話を聞いて、何を話しているのかは分からなかったが、どこから来たかと訊ねられた。夫が私の事を台湾人と紹介すると、解説員の方は台湾から参観に来られた方は初めてだ、と喜ばれた。後から分かったことだが、薬師さんが信徒に向けて薬壺を差し出している形は、日本の薬師像ならどこでも同じだそうだ。

話を『薬師経』に戻すと、その第八大願に、このように書かれている。

私が来世、菩提を得た暁には、女性の百悪に悩まされ、この世を去り女性の肉体を捨てたいと願う女人が居るならば、その女人が私の名を聞けば、たちまち女から男へ生まれ変わり、男性の身体を得て、無上の菩提を得られるようになることを願う。

女性の意識が向上した今日、この一節は受け容れられないと思う人が多いことだろう。しかし、私はこの一節が特に気に入っている。『薬師経』を読めば、来世は女に生まれずに済む。何と素晴らしいことか。

這段內容在女性意識抬頭的今日，應該很多人無法接受吧。但是我特別喜歡這段。讀《藥師經》，下輩子可以不用當女生，真是太好了。

我的出生證上，被當時的護理師記錄成「某某某之男」，可能因為如此，我下意識以為自己可能是個男的。中學之後，我開始喜歡較為中性的衣服。大學的時候，還被父親勸誡學學姊妹們的穿著：「妳能不能穿得像女生一些？」博士班開始教書時，有一次跟學生撞衫，還是個男學生，但是因為那班學生跟我感情不錯，大家都不以為意。現在回想起來，覺得對學生很不好意思。教員上課好好穿衣服，是對學生的一種尊重。

全身上下，我最滿意的是我的一頭長髮，從小我就喜歡留長髮。小學時，臺灣的衛生環境還不太好，即使生在臺北市，仍流行著頭蝨。媽媽把家裡四姊妹的長髮通通剪得短短的，噴上殺頭蝨的藥水，並用頭巾包起來。那時候我還為了我的長髮被剪短而暗暗哭泣。

長大以後，我一直堅持留著長頭髮。只有這件事情我可以自己作主。

私の出生証明は、その時の看護師によって「某某の息子」と書かれてしまった。その為かもしれないが、私は潜在意識として、自分は男かもしれないと思っていた。中学に上がってから、私は中性的な服装を好むようになった。大学の時は、父親に、他の大学生を少しは見習って、「もうちょっと女性らしい服装にはできないのか？」と言われた。博士課程で教壇に立ち始めた頃、ある日学生が私と同じシャツを着ていた。しかもそれは男子学生だった。そのクラスの学生たちとは、お互いに良い印象を持っていたので、誰も何も言わなかったが、今思い返せば、学生さんたちに申し訳なかったと思う。授業をする教員が身だしなみをきちんとすることは、学生に対する一種の尊重を意味するだろう。

自分の身体で、私が一番気に入っているのは長い髪で、私は子供のころから長髪にしていた。小学生の頃、台湾の衛生環境はまだよくなく、台北市で生活していても、虱が流行していた。母は、四人の娘の長髪を全て短く切り揃え、虱を殺す薬を吹き掛けて、更にそれを包み込んだ。その時、私は長髪が切られてしまったことが悲しく、まだ密かに泣いていた。

大きくなってから、私はずっと長髪を維持してきた。このことだけは、私が自分で好きに決めることができた。

據我常去的美容院的設計師說，我的頭髮髮質比一般人硬一些，粗一些，稍微一燙就能燙出漂亮的大波浪，維持力久，不容易扁塌。但是一場病的化療，我的頭髮都沒有了。不過還好在化療後、掉頭髮之前，媽媽帶我去附近的家庭理髮廳將頭髮先剪短。再不剪，頭髮會掉得比狗掉毛還快、還多。

我跟理髮師阿姨說要剪小平頭，她不可置信。說明原委後，她抓抓我的頭髮，說：「真的呢。頭髮一抓就一把掉下來。」阿姨原本還要算我便宜，我跟她說千萬不要這樣，我有在賺錢，照她平常的收錢方式就好。離開理髮廳前，阿姨還跟我說：「要加油喔！」

好的！我會加油！

不過我的內心還是女性，只是覺得自己化妝不好看，穿裙子很憋扭，穿高跟鞋會扭到腳踝，還可能會跌倒。因此，這些我都不太愛嘗試。

いつも行っていた美容院の美容師は、私の髪質は普通の人より硬め、太めで、軽くパーマをかけるだけできれいな波型が出来て、しかも長持ちして形が崩れ難い、と言っていた。しかし、病気で化学療法を受けた結果、私の髪の毛は全て無くなってしまった。化学療法を始めて、まだ髪の毛が抜けてしまう前に、母が近所の床屋に連れて行って短く切り揃えてくれたのは幸いだった。そのタイミングで切っておかないと、抜け毛は犬の毛よりも早く、多かったはずだ。

床屋のおばさんに、坊主にして下さいと言うと、おばさんは信じてくれなかった。事情を説明した後、おばさんは私の髪を掴んで、「あら本当だわ、髪の毛一掴みすると抜けてくる」と言った。おばさんは、おまけしてくれると言ったが、私は固辞して、収入が有りますから、普通通りに料金を取ってください、と言った。

床屋を出る前に、おばさんは「頑張ってね！」とも言ってくれた。

はい、頑張ります！

ただ、私の内心はやはり女でも、自分は化粧してもキレイでなく、スカートを履くと落ち着かず、ハイヒールを履けば足首を捻挫したり転んだりしてしまう、と思うので、あまりやりたくないのだ。

所以，如果因為讀了《藥師經》，下輩子能夠成為男生，省去裝扮上的麻煩，那～～～真是太好了。

だから、『薬師経』を読めば、来世では男に生まれられて、服装や化粧の面倒から逃れられるのだとすれば、それはもう、………こんなに有難い話は無い。

對話錄

去英國之前，我對於到英國開會的態度，只是抱持著回應多年以來對我們非常照顧的C老師與Z老師夫婦兩人的熱情邀約，沒有太多的想法。但是去年從英國回東京後，我和外子都覺得，有這個機會去英國真是太棒了。

回日本之後，時不時我就會將在英國拍的照片拿出來看。每當我在看英國的照片或稱讚她是個多麼棒的國家時，外子就會問我：「要不要再去一次？」「啊～～不用不用。美好的事物只要回味就好。」

就像我之前所說的，生病之後，已經沒有餘裕再寫學術論文，除了注意力無法集中外，也比較容易疲倦。現在，更是面臨每一年復發的窘境。

対話録

英国に行くまでは、英国の学会についていては、長年お世話になっているC先生Z先生ご夫妻の折角のお誘いに応えるというだけで、それ以上のことは考えていなかった。しかし、去年英国から東京に帰って来てから、私も夫も、今回英国に行くことができて本当によかった、と思うようになった。

日本に帰って来てから、時々、英国で撮った写真を取り出して見ている。私が英国の写真を見ていたり、いい国だと賞賛したりしていると、夫は「もう一回行く？」と訊いてくる。「ん〜〜いいわ。良い事は、思い出にしておけば十分。」

上文でも書いたとおり、病気になってから、論文を書くような餘裕は無くなっている。精神を集中させられないし、すぐに疲れてしまう。現在では、それに加えて一年ごとに再発という困った状況だ。現在の私は、ただ待っているだけのようだ。しかし、このような感覚は非常に良くない。

私は何をしたら良いのだろう？　一匹狼的性格なので、病院でボランティアをしたり、

現在的我，好像只是在等待。但是這種感覺真不好。

我該做些什麼才好呢？因為個性孤僻，我沒有辦法像有的病友去當醫院志工、或去參加病友社團；因為容易受到驚嚇，看到有些病友在網路上的陳述，常常會難過好多天。我只想靜靜地，依循著自己的生活步調。妹妹安慰我說：「妳別看。我看了之後，把有用的資訊再告訴妳。」妹妹非常照顧我的精神狀況，明明她自己也有很多煩惱的事情。

大學聲韻學老師曾經在上課時對我們說：「念中文系的人不需要信仰。我們所讀的古書中，把所有的道理都告訴我們了，心中的疑惑，古書都能幫我們解答，要信仰做什麼？」現在想想，老師的意思，可能是中文系的學生，即使在面對人生問題上時有疑惑，也應該把古書的內容當作心靈的慰藉，而不要尋求宗教信仰。

這麼多年來，我確實也沒有任何宗教信仰。但是因為媽媽是桃園觀音人，我們心中對觀音菩薩的崇敬與日俱增。臺灣有句話說「心誠則靈」，

患者サークルに入ったりすることもできない。怖がりなので、他の患者がネットで書いているようなものを読むと、辛い思いが後を引く。ただ静かに、自分の生活のペースに合わせていきたい。妹は私を慰めて言ってくれた。「見ないようにした方がいい。私が見て、役に立つ情報が有ったら教えてあげるから。」妹自身も多くの悩みを抱えているのだが、とてもよく私の精神状況を気遣ってくれる。

大学の音韻学の先生が授業中にこんなことを言っていた。「中文系（中国文学部）の人間には信仰は要らない。我々の読む古典の中には、あらゆることが書いてある。疑問を持ったら、古典が解答を提供してくれるんだから、信仰なんて要らないんだ。」今思うに、先生が言いたかったのは、中文系の学生は、人生の問題で悩んだ時も、古典に書かれていることを精神の慰めとして、宗教的信仰を求めるべきではない、ということだったのかもしれない。

長く生きて来て、私は確かに何の宗教信仰も持っていない。しかし、母の実家が桃園観音（訳注：観音廟が有ることから附いた地名）なので、私たちは子供の頃から観音菩薩を有難いものと思っている。

台湾では「心から祈れば霊験が有る」とよく言う。母方の祖父母が普段から子供たちに

或許是因為外公、外婆平常就教導小孩子們對觀音菩薩要存有虔誠敬畏之心，家族中的年輕人，舉凡升學、就業、找對象、當兵抽籤，都會向我們的觀音菩薩求助指點迷津，而且能夠得到非常圓滿的結果。

每年，大姊會去觀音廟求全家的護身符。只要我回臺灣，大姊或妹妹也會載著我回觀音參拜。

觀世音菩薩已經變成我們生活的一部份了。

今年復發時，我開始對自己這輩子有點絕望。「是時候要規劃自己的『未來』了。」我在心裡想著。

不知道還有多少日子的自己，能夠做些什麼規劃呢？

然後，我想到了！

不是這輩子剩下日子的安排，而是下輩子的「投胎」。

観音菩薩には敬虔な畏敬の気持ちを持つよう教えていたからか、一族の若者は、進学・就職・結婚相手探し・兵役抽選など、何でも私たちの観音菩薩に教えを求め、いつも円満な結果を得ていた。

今でもずっと、一番上の姉は毎年観音廟に行って一家全員のお守りをもらってくる。私が台湾に帰ると、一番上の姉か妹が私を載せて観音に帰って参拝させてくれている。観世音菩薩は、私たちの生活の一部分になっているのだ。

今年再発した時、私は自分の人生に絶望しかけ、「そろそろ自分の『将来』のことを計画しておかなければ」と思うようになった。

あとどれだけ生きられるか分からない自分に、どんな計画ができるだろう？　この何年か、私はいつも夫に実質的なものを求めてきたが、今回は「将来」が欲しい。

そして、私は思いついた！

今生残された日々をどう過ごすかではなく、来世の「生まれ変わり」だ。

夫に「生まれ変わり」の意味をどう思うか訊いてみた。夫は「生まれ変わり」という考え方は仏教のものだ、と言う。私は訊ねた。「台湾の民間信仰の中では、仏教と道教は境界が非常に曖昧になっているの。ある人の信じる宗教に『生まれ変わり』という概念が無

我問外子關於「投胎」意義的看法。外子說「投胎」的觀念是佛教的思想。我問：「在臺灣的民間信仰中，佛教與道教的界限已非常模糊了。如果某某人信的宗教沒有『投胎』這個觀念，能不能投胎？還是相信投胎的人是否得去信佛教？」

外子說：「也不是說不行。人的思想是自由的，妳可以想妳想想的、做妳想做的、說妳想說的，都可以隨自己喜好。沒有任何人可以限制我們的思想。雖然死後的世界誰也不知道，相信妳想相信的，這樣就好。」

人是自由的。

沒有人可以控制我們的意識。

我想相信我可以投胎。請不要對我的想法嗤之以鼻。

自從我有了「投胎」的念頭，外子也能理解我的想法後，我們常常會討論投胎大事、生死問題。

我說：「你不覺得人在不得已的情況下，像我生病，有『下輩子』要

かったら、その人は生まれ変わりできない？　それとも、生まれ変わりを信じる人はみんな仏教を信じなきゃいけないの？」

夫は答えた。「日本の神道と仏教も曖昧なのは同じ。駄目ってことは無いよ。人間考えることは自由だから、考えたいように考えて、したいようにして、言いたいように言って、好きにしていい。我々の思想を制限できる人は居ないんだから。死後の世界は誰も知らないけど、自分で信じるものを信じる、それでいいじゃない。」

人間は自由だ。

私たちの意識を制限できる人はいない。

私は自分が生まれ変われると信じたい。鼻で笑わないでやって下さい。

私が「生まれ変わり」を思いついて、夫がその考えを理解してくれるようになってから、私たちは生まれ変わりと生死の問題を、よく話し合うようになった。

私「人間、やむを得ない状況で、例えば私の病気みたいな時に、『来世』で何をしたいという願望を持つっていうのは、面白いし、悪くないことだと思わない？」

夫「そうだね。だけど、『明日』と『来世』も紙一重だよね。明日も来世も未知の世界なんだから。」

做什麼的願望，是很有趣、很美好的一件事嗎？」

外子說：「是沒錯。不過我覺得，其實『明天』與『下輩子』只是一線之隔。因為明天與下輩子都是未知。」

我說：「沒錯沒錯。因為我們太把擁有明天當作理所當然。明天其實不屬於我們。」外子也表示贊同。

生病以來的七年多，我一直在生與死之間掙扎著，不斷在「堅持」、「放下」的思索中徘徊著。常常好不容易建立起來的微小信心，可以在幾秒鐘就被自己摧毀殆盡。不是說「投胎」多有意義，只是自從有了這些想法後，我突然豁然開朗，找到了安撫自身心靈的方法。

因為我的個性一點也不豁達。

記得以前大學的體育課，在室內籃球場邊，我們有一項期末考筆試。老師說當他喊：「停！把考卷交上來。」大家要馬上停筆，太晚交的要以零

私「そうそう。明日が来るのが当たり前と思いすぎ。明日は私たちが決められるものじゃない。」夫も同意見だった。

病気になってから七年あまり、私はずっと生と死の間でもがき、常に「頑張る」と「あきらめる」の間で思いが揺れ続けてきた。やっとのことで持つことができたささやかな自信が、わずか数秒の間に自分自身によって跡形も無く破壊されてしまう、そんなことがよくあった。「生まれ変わり」にどれほど大きな意味が有る、と言いたいのではない。ただ、「生まれ変わり」を考えるようになって、私は一挙に気持ちが開けて、自分の心を慰める方法が見つかった、ということなのだ。

それは、私が諦めの良いサバサバした性格では全くないからだ。

昔のことだが、大学の体育の授業で、室内バスケットボールコートの脇で、私たちは期末の筆記試験を受けていた。先生は、「やめ！　答案を提出するように」と言ったら、直ちに書くのを止めること、提出が遅い者は不正行為だから零点とする、と言った。実際にどうなったかというと、私の列の一番前のクラスメートが私たちの答案を提出するのが最後になって、私たちは全員試験失格となってしまった。先生は全く容赦なく「この列は零点」と言うと、直ぐに立ち去ってしまった。私たちの答案を受け取ろうともせず、学生た

分計算。結果我們這排第一位同學最後交出我們的考卷，我們都被視作無效考試。老師毫不寬容地說：「這排零分。」說完就走，連我們的考卷也不願意收，也不聽同學們的解釋。

對我和幾個好朋友來說，這是很令我們困擾的，因為我們其他課目的成績都很好，每學期都是全班前幾名，體育課卻得到個零分，該如何是好？下課的路上，四人非常沮喪，我不斷地說：「算了算了，零分就零分。大不了重修。」音量在四人當中迴盪著。大約過了五、六分鐘，其中一位好朋友對著我說：「你別再說了。你一點都不是『算了』的心情，其實你在意得不得了。」大家心情都不好。我才知道，焦躁的情緒外露得這麼明顯，這些發洩，看似說的是豁達的話，其實不是。這次的事件，給了我很大的震撼。自此以後，我慢慢收斂自己的情緒，希望不要影響到他人。

說「不怕死」是騙人的。但是至少不會像之前得失心那麼重，已經可以好好地面對這個事實。雖然時間花得有點久。

ちの弁解を聞こうともしなかった。

私と何人かの仲間にとって、これはかなり困った状況だった。私たちは他の成績はとても良く、毎学期クラスの中でも最優秀の方なのに、体育で零点だなんて、どうしたら良いか分からない。授業から帰る道すがら、他の三人は何もしゃべらず、私だけが「もういい、もういいや。零点なら零点でいいじゃん。再履修すればいいだけだから」と言い続け、私の声が四人の間に響いていた。五六分も経った頃、一人が私に「もうやめなよ。あんた全然『いいや』って気持ちじゃない。ほんとは気になってしょうがないんでしょうが。」お互いに、気分は最悪だった。この時私は、自分の焦りがとっくに皆に見破られていて、自分が発散させたセリフは、一見諦めが良いように見えて、実際にはそうではない、ということに気付いた。この経験は、私にとっては大きなショックだった。この時から、私は周りの人に迷惑をかけないで済むように、少しずつ自分の感情をコントロールするようになった。

死ぬのが怖くない、というのは嘘だ。だが、少なくとも以前のように一喜一憂することなく、現実に向き合うことができるようになっている。大分時間がかかったけれども。

（一）

一天，我對外子說：「我想好我的下輩子了。」

外子摸不著頭緒，問我：「啊？什麼下輩子？什麼樣的下輩子？」

「這輩子我應該是指望不上了，我要開始規劃我的下輩子。雖然我不太確定有沒有下輩子。可是我想相信有。」我接著說：「下輩子，我想投胎到英國。」

「下輩子是可以自己規劃的嗎？」外子疑惑地問我。

「而且為什麼是英國？妳怎麼打算？什麼規劃？」外子的表情，是很認真地思考著這個問題，也很認真地回應我。在臺灣，通常大家會說：「呸呸呸，別說不吉利的話。」「還沒到那時候，妳別灰心。」「再堅持下去，新藥馬上要出現了。」……。

我說：「這次去英國，覺得英國真是個好國家。當英國人真幸福。雖然我這樣的說法可能一點都站不住腳。不過做了這個決定之後，發現自己

（一）

ある日、私は夫にこう言った。「私、自分の来世のことを決めた。」夫は訳が分からないようで、「え？　来世ってどういうこと？　どんな来世？」と訊き返した。

「この世では私はもう無理だから、来世の計画を始めようと思う。来世が有るかどうか分からないけど、有ると信じていたい。」私は続けて「来世は、生まれ変わりで英国で生まれたい。」

「来世って自分で計画できちゃうの？」夫は疑うように訊いてきた。

「それに、何で英国？　どういう考え？　どんな計画？」夫の表情は、まじめにこの問題を考え、まじめに私に応答しようとしてくれているものだった。台湾だったら、大抵みんな「だめだめだめ、縁起でもない」「まだ大丈夫なんだから、諦めないで」「もう少し頑張って、新しい薬も出てくるから」といった反応になる。

私は言った。「今回英国に行って、英国は本当に良い国だ、英国人になれればとても幸せだと思った。まあ、あまり根拠が無いと言われればそうなんだけど。でも、英国に生ま

其實與英國的緣分真不淺。你看，我最喜歡的日劇《仁醫》，以盤尼西林作為故事的主軸。而盤尼西林是英國人發現的。我喜歡優雅的英國腔、喜歡英國食物、茶、瓷器……。還有還有，我打的疫苗是AZ公司的，抗癌劑是英國AZ與日本第一三共合作的恩赫茲，很棒對吧！」最重要的是英國人對我們很親切，我心裡想。

「是沒錯，可是我們只去過英國，其他國家都沒去，或許還有許多國家也非常好喔，妳要不要考慮看看？」

「啊～～不用了。姑且不論國家制度、經濟、社會等等的問題，只是純粹的對這個國家存有好感。英國就是我心目中最好的國家。」

「這樣想也不錯。妳打算怎麼做呢？」

「我還不是很清楚，不過我想首先應該學好英文吧。」

外子想了之後說：「我想應該不用，如果下輩子妳真的投胎到英國，英文應該是自帶的技能吧。不過，學英文還是很好的，那還是學吧！」

れ変わると決めてから、実は私英国とは色々と縁が有ることに気付いた。私の一番好きな日本のドラマ『仁』は、ペニシリンが物語の主軸になってて、ペニシリンは英国人が発見したものだし。優雅な英国式英語や、英国の食べ物やお茶や磁器なんかも好きだし。それから、私の打ったワクチンはＡＺだったし、抗癌剤も英国ＡＺと日本の第一三共のENHERTUだったし。すごいでしょう？」何より大事なのは、英国の人たちが私たちに親切だったことだけれども。

「それはそうだけど、僕たちは英国に行っただけで、他の国には行ったことが無い。素晴らしい他の国も他に沢山有るかもしれないよ。考えてみなくていいの？」

「ん〜〜いいわ。国の制度とか、経済とか社会とかいう問題は別にして、単にこの国に良い印象を持っているの。英国が私の心の中で一番良い国。」

「そうか。で、何をするの？」

「まだよく考えていないんだけど、まずは英語の勉強をしなきゃ。」

夫は少し考えてから言った。「それは必要ないんじゃない？　来世で生まれ変わって英国に生まれたら、英語は黙っててもできることになるでしょう？　でも、英語の勉強は良い事だ。やっぱり勉強しなよ。」

很多人以為，翻譯軟體這麼方便，不需要花時間學習他國語言。我想，那終究是不一樣的，自己可以說得一口流利的英文，比起妳每一句都需要翻譯軟體好太多了。總不能對方說一句，你馬上對著手機翻譯軟體說話。如果是我，當然願意與能好好自己說英文的人交談。而翻譯軟體只適合臨時買東西、問路等等的時候使用。

「是不是也要好好學讀歐洲史？」我問。

「跟英文一樣，妳應該也是從小開始，就會不斷接觸到的，放心。」

我想到了一個很重要的問題：「這樣問很不好，但是你下輩子還願意跟我在一起嗎？」我問外子。

「當然。」外子毫不考慮地說。

「真的嗎？你不是安慰我的吧？你千萬不要勉強。我的口氣有在逼你答應的意思嗎？」或許外子這輩子與我成為夫妻已經很辛苦了，不想再來一次。

翻訳ソフトがこれだけ便利になったら、時間をかけて外国語を勉強する必要は無い、と考える人が多いが、それはやっぱり代わりにはならないと思う。自分で流暢に英語が話せるのは、全部翻訳ソフトが頼りというのとは違う。相手が何か言う度に、携帯の翻訳ソフトに向かって話している訳にはいかない。私だったら、自分でちゃんと英語を話せる人と会話したいと思う。翻訳ソフトは、買い物や道を聞いたりする時にしか使えない。

「ヨーロッパの歴史も勉強しなくちゃならないんじゃない?」と訊くと、

「英語と一緒で、子供の頃から慣れ親しむんだから、大丈夫だよ。」

私は一つ重要な問題に思い至った。「こんな風に訊くのは良くないけど、あなたは来世でも私と一緒に居てくれる?」と夫に訊いた。

「勿論」夫は考えもせずに言った。

「本当? 私を慰めるために言ってるんじゃない? 思ってもいないことを無理に言ったりしないでよ。私の訊き方が、ウンと言わざるを得ないような口調だったかしら。」夫はこの世で私と夫婦になってもう十分苦労したから、もう次はいいや、と思っているかもしれない。

「もちろんそんなことはない。いい加減に言ってるんじゃないよ。だけど、となると、

「當然沒有。不是隨便說說。不過，這個意思是我也要是英國人才行？我們的家人們呢？也會變成英國人嗎？還是只有我們兩人？」

「我覺得應該是我們兩家人都變成英國人吧。」

「那就好。」

「還有還有，下輩子我想當男的，你可以接受當女的嗎？」

外子說：「嗯，可以考慮。但是我還是想研究漢學，可以嗎？」

我說：「當然。你就做你喜歡做的事情就好。」

外子問：「你這麼喜歡英國，其實英國我們還有很多地方都沒去過。不去其他國家看看，要不我們再去英國其他城市走走嗎？」

「我不想再去了。」

「為什麼？」

「我的方向感這麼差，常常迷路。我們去了倫敦、約克、牛津。我下

僕も英国人にならなきゃいけないってことかな？　僕たちの家族はどうする？　家族も英国人になるの？　それとも僕たち二人だけ？」

「私たち両方の家族もみんな英国人に成るんだと思うわ。」

「それならいいよ。」

「あと、あと、来世では私は男になりたいの。あなたは女でもいい？」

夫は「ん、考えてもいいよ。でも、僕はやっぱり漢学の研究がしたいな。いいかな？」

私「勿論。あなたはあなたのしたいことをすればいいわ。」

夫が訊ねた。「そんなに英国が好きなんだったら、英国も行ってない所が沢山有るじゃない。他の国には行かないにしても、英国の他の都市に行ってみるのはどう？」

「もう行きたくない。」

「どうして？」

「私は方向音痴で、しょっちゅう道に迷うでしょう。私たちはロンドンとヨークとオックスフォードに行ったから、来世ではこの三つの都市の範囲で生まれ変わるの。あんまり多くの所に行くと、印象が混乱して、どこに行けば私とあなたの家族が見つかるのか分からなくなってしまう。だから、範囲は狭い方が良いの。これで、この世でずっと外国人に

輩子就只要投胎在這三個城市。去太多地方，我會搞混，不知道該到哪裏找你跟我的家人們。所以範圍還是小點好。我這樣還可以實現我妹妹這輩子一直想當外國人的願望耶。她也非常喜歡英國呢。呵呵呵！」之前我告訴妹妹這個計畫，妹妹說：「喂喂喂，這位小姐，好像是我比較喜歡英國吧？」

當我開始有投胎到英國的念頭，剛好大姊打電話給我。剛開始，我跟大姊說我覺得這樣好累喔，打藥不知道要打到什麼時候，每週的不適感讓人感到沮喪，大姊起初有點被我的情緒影響，不知道該說什麼。後來我告訴她投胎到英國的構想，大姊的反應是：「哇！那我們也都要變成英國人了耶～～～。」

這就是我的家人，喜怒哀樂常常表現在臉上，卻以為自己神秘得不得了，把自己的情緒隱藏得很好。

這樣我就放心了。我一直很怕我有走不出傷痛的家人。

成りたかったと言っている私の妹の夢も叶うことになる。妹は本当に英国が好きなのよ。ふふふ。」以前私が妹にこの計画を話した時、妹は「おいおい、そこのお姉さん、英国が好きなのは私だったのではありませんかね？」と言っていた。

英国に生まれ変わるという考えを持ってから間もなく、一番上の姉から電話をもらった。始め、私は姉に、何時まで薬を続けるのかも分からない現状は辛い、毎週調子が悪くなるので気分も暗くなる。という話をして、姉は私の感情的雰囲気に呑まれて何を言っていいか分からず、そんな風に悪い方向に考えないで、とばかり言っていたが、私が英国に生まれ変わるという構想を話すと、姉は「わぁ！　じゃあ、私たちもみんな英国人になるんじゃない、まぁ、すごい」という反応だった。

私の家族はこんな性格だ。大抵は喜怒哀楽が直接顔に出ているのに、そのくせ自分では非常に神秘的で、感情を隠すのが上手いと思っているのだ。

これで私は安心した。私は、自分が逝ってしまってから、家族がずっと悲しみから脱け出せないことを恐れていた。

（二）

「下輩子我想當醫師。」我對外子說。「只是我還沒想好要做哪一科的醫師。」我一直在外科與病理科醫師之間徘徊。

「為什麼想當醫師？」外子問。

「因為我很佩服英國牛津的AZ疫苗發明者放棄疫苗的專利。你記得當時溫布敦網球賽，大會主持人還特別介紹Sarah Gilbert，觀眾們起立鼓掌的事吧？」外子點點頭。我接著說：「她和她的團隊要讓貧困國家有疫苗可以打，放棄了專利權。我們在福島看的電視轉播。」

「而且這麼剛好，這是在英國發生的事，你不覺得很巧嗎？」

外子說：「我記得這件事。」

我興奮地對外子說：「我看到那一幕也在心中起立鼓掌。實在是太感人了。醫師是不是都是懷抱著這樣無私的心情才會想去當醫師的？」

外子說：「應該大部分的醫師都是這種心情吧。」

（二）

「来世では医者になりたい」私は夫に言った。「何科の医者かまでは、まだ決めてないけど。」私はずっと、外科と病理科の間で迷っていた。

「どうして医者になりたいの？」夫が訊く。

「私は英国オックスフォードのAZワクチン開発者が特許を放棄したことをとても素晴らしいと思ってるの。ウィンブルドンのテニス大会で、司会者が特にSarah Gilbertを紹介して、観衆がみんな立ち上がって拍手したのを覚えているでしょう？」夫はうなずいた。

「彼女と彼女のチームは、貧しい国でもワクチンを打てるように、特許を放棄したのよ。福島でテレビ中継見たでしょう。しかも、それも英国で起こったこと。偶然だと思わない？」

夫は「そんな事もあったね」と言った。

私は興奮して夫に言った。「あの場面を見た時、私は心の中で立ち上がって拍手していたわ。本当に感動した。医師って、みんなああいう無私の心を持っていてそれで医師になろうと思うのかしら？」

夫「大部分の医師はそうなんじゃないの？」

「私は、専門の研究をする病理医師になりたい気もする。その方が、患者に向き合うよ

「我也有點想做病理醫師，專門做研究。可能比面對病人更適合些。」

「生病後，才發現自己真是很渺小，對自己的病無能為力。希望下輩子能做個有熱情、有能力的好醫師，能夠幫助更多人。」

外子說：「這樣不辛苦嗎？通常大家想投胎，是為了想過好日子。」

「我知道，我也想過好日子。但好日子是要世界上大部分的人互相配合、彼此互助，我們才會有好日子。如果只是想著『過好日子』，誰來幫我們打造好日子的環境？」

「嗯，說的也是。還有，妳投胎的時候已經是ＡＩ的世界了。將來都靠ＡＩ看病，發明藥物，甚至癌症都可以治好，精準治療。等你當上醫師，可能已經無用武之地了。」

「不不不，我不要投胎到已經發明ＡＩ的世界。既然是投胎，應該可以自由地往前投胎或往後投胎，沒有規定只能往前。我們要投到自己喜歡的年份。」

外子接著問：「哪一年？」我說：「你覺得呢？」

りも向いている気がする。」「病気になってから、自分が本当にちっぽけな存在だと思い知った。自分の病気をどうすることもできない。だから来世では、熱意と能力の有る良い医師になって、多くの人人を助けられたらと思うのよ。」

夫は「それは苦労するね。普通、生まれ変わりたいというのは、良い暮らしをしたいからじゃないの？」

「それはそう。私も良い暮らしがしたいとは思う。でも、良い暮らしっていうのは世界中の大部分の人が協力して助け合って始めて実現できることでしょう？　ただ『良い暮らしがしたい』というばかりで、良い暮らしができる環境を作る人が居ないんじゃ困るでしょう。」

「ああ、そうだねえ。それからさ、生まれ変わる頃にはＡＩの世界になってるんじゃない？いずれＡＩが診察して、薬を開発して、癌だって治せるようになる、癌以外の細胞組織に影響を与えない形で。君が医師になっても、腕を振るう場所が無くなってるかもよ。」

「いやいや、私はＡＩが発明された後の世界には生まれ変わりたくない。私の考えている生まれ変わりは、自由に未来でも昔でも行けるの。未来にしか生まれ変われないっていうルールじゃないの。考えるのは私たちの自由なんだから、私たちの好きな年に生まれ変

外子馬上就有了主意：「我覺得最好的年份還是一九五六年吧！」
我問：「選這一年的含意是？」
外子說：「因為這個年分是戰後嬰兒潮的結束。你覺得怎麼樣？」
我說：「好耶。這樣跟我們同年齡的人不會那麼多，可以比較容易找到彼此，我們就選投胎到這一年吧。」

我現在要好好想想我要當什麼科的醫師。

（三）

我說：「我下輩子要做個會彈鋼琴的醫師。」
外子說：「這個主意不錯。是要很厲害到可以比賽的那種，還是只要會彈就好？如果是很厲害那種，那妳什麼時候讀書？醫學院的課業很重，妳這樣太辛苦了。而且說老實話，我知道當醫師的人都很聰明，但是琴又彈得好，醫術又好的人，畢竟是少數。這樣也有點貪心。」

われればいいのよ。」

夫が続けて訊いてきた。「じゃあ、どの年にする？」

私は「何か良い考え有る？」と訊いた。

夫は少し考えてから「一九五六年がいいんじゃないか？」と言った。

私が「その年にはどういう意味が有るの？」と訊くと、夫は「その年は戦後のベビーブームが終わってるから。どう思う？」と言う。

私はこう言った。「良いね。それなら、同い年の人がそんなに多くないから、お互い相手を探し出し易いでしょう。それじゃあ、私たちはその年に生まれ変わりましょう。」

後は、何科の医師になるのかをよく考えなくては。

（三）

私「来世では、ピアノを弾ける医師になりたい。」
夫「それはいい。コンテストに出るようなすごいレベル？　それとも普通に弾ければ良い？　すごい上手いレベルだとすると、勉強する時間無くなっちゃうんじゃない？　医学の勉強は大変だから、苦労すると思うよ。まあ、医師になるのは頭の良い人が多いけど、

「說的也是。那還是普通厲害就好。不用到可以參加比賽，但也不能只會彈《小星星》的程度。」

年輕時的媽媽，心願是希望讓自己的每個小孩都學鋼琴。無奈大姊、哥哥、二姊學彈琴的時候年紀都還小，沒有耐心，坐不住。最後媽媽看著小孩們意興闌珊，覺得是自己逼迫小孩完成自己的夢想，最後把鋼琴賣掉了。等到我想學，家裡已經沒有鋼琴了。

和外子結婚後，我們偶爾會去聽演奏會。每次都覺得這些演奏家真的非常讓人敬佩，那是花了許多時間，與對自己手持的樂器有多大的熱情，才有辦法達到如此的境地？

今年，我們開始去澀谷聽NHK交響樂團的表演。

在那之前，我們也聽了其他樂團的演奏。我才發現NHK樂團真的是

ピアノも上手で医師としても優秀という人は、なかなか居ないよ。ちょっと欲張り過ぎなんじゃない？」

「そうね。じゃあ普通に上手いぐらいでいい。コンテストに出るようなレベルじゃなくて、だけど『きらきら星』しか弾けない、とかじゃなくて。」

若い頃、母は自分の子供たち全員にピアノを習わせたいと願っていた。しかし、一番上の姉と兄と二番目の姉の三人は、ピアノを習った時にまだ小さく、根気が無くて、落ち着いて練習していられなかった。結局母は、子供たちは興味が無く、自分が子供たちに自分の夢を押し付けていただけだったと思って、ピアノを売り払ってしまった。だから、私の番になった時、家にはもうピアノが無かった。

夫と結婚してから、時々二人で音楽会を聞きに行くことが有る。演奏家の方々には、いつも本当に感心させられる。どれほどの時間をかけて、自分の楽器にどれほどの情熱を投入して、これほどの境地に達しているのだろうか？と。

今年から、私たちは渋谷にＮＨＫ交響楽団の演奏を聞きに行くようになった。

それまで、他の楽団の演奏も聴いていたが、ＮＨＫ楽団は技術的に非常に優れた楽団だった。夫にその感想を伝えると、夫は「Ｎ響は日本で一番の楽団だよ。聴いて分かったのは

技術精湛的一個樂團。我告訴了外子我的感想。外子說：「NHK交響樂團是日本最好的樂團，沒想到妳分辨得出來。他們真的演奏得很好，聽說從NHK樂團出來的演奏家，到外面教學生，鐘點費都比一般的演奏家高許多。」

七月，哥哥與大嫂從臺灣來找我們，我們和他們一起到上野公園奏樂堂聽演奏會。這是由NHK交響樂團退休團員所企劃，每年都會舉辦一場三小時的演奏。邀集日本有潛力的年輕演奏家，共同演出。

三小時的演奏是比較少見的，當晚座無虛席。每一分鐘我都感到非常享受。今年的這場演奏，令人矚目的是一個年輕的喇叭手。外子說，吹奏樂器因為常常會走音，能吹得好的人非常少。

我則注意到三個大提琴手之一的男演奏家，戴著一副黑框眼鏡，長長的頭髮隨手紮起來，非常投入在自己音樂的世界裏，他的表情，時而閉目微笑，時而熱情奔放。雖說是配合著其他團員演奏，卻又能讓我們感受到他自己獨立的音樂風格，令人羨慕。

すごいね。N響は本当に上手。N響出身の演奏家が外で教えると、他の演奏家よりも謝礼がずっと高いらしいよ。」

七月、兄夫婦が台湾からやってきて、私たち夫婦と一緒に上野公園の奏楽堂に音楽会を聞きに行った。それは、NHK交響楽団を定年退団した団員の企画で、毎年一度、三時間の演奏会をやっているものだった。日本の将来有望な若手演奏家を集めて、一緒に演奏していた。

三時間の演奏というのはあまりないが、その晩は満席だった。始めから終わりまで、私はずっと演奏を楽しめた。今年のこの演奏会は、若いトランペット奏者が注目を集めた。夫によれば、吹奏楽器は音が外れやすく、上手に吹ける人は非常に少ないという。

私は三人のチェロ奏者の中の一人に注目していた。黒縁の眼鏡をかけ、長髪を無造作に束ね、自分の音楽の世界に没入していた彼の表情は、時には目を閉じて微笑んだり、時には情熱を開放させたり。他の奏者に合わせながらも、自分独自の音楽をしていることが感じられ、とてもうらやましく思えた。

その場で私は考えを変え、夫に言った。「来世でピアノやるのやめた。チェロをやりたい。」

「どうして考えを変えたの？」私が夫に訳を話すと、夫は私がコロコロ考えを変えたこ

當下我就改變了主意，我對外子說：「下輩子我不彈鋼琴了，我想拉大提琴。」

「為什麼？」我跟外子說明了原委，外子沒有責備我朝三暮四，說：「大提琴手也不錯，鋼琴太多人彈了。」

我疑惑地說：「而且我不太明白，為什麼很多鋼琴家在演奏時常常眉頭深鎖？彈鋼琴不快樂嗎？為什麼不能像大提琴手一樣優游自在？」

外子說：「鋼琴的弦比較緊，一碰就響。所以連帶演奏者會比較緊張。一個鍵一個鍵要接著下去。但是大提琴不一樣，弦拉得沒這麼緊，張力沒那麼大。比起鋼琴有餘裕多了。……」接著又說：「妳知道現在世界上最厲害的大提琴家是誰嗎？」「不知道」我說。我就是個門外漢。

「不如我們八月先去聽聽看維奧爾琴的演出吧，好嗎？在青葉臺站。」「好。」感覺外子比我更關注我的下輩子各種選擇。

在八月初，我們兩人真的去聽了維奧爾琴的獨奏。但是因為才剛打完

とを責めもせず、「チェロもいいね。ピアノはやる人が多すぎる。」

私は少し疑問で、「それに、良く分からないんだけど、どうしてピアノを弾く人は弾いている時にしょっちゅう眉を顰めているの？　ピアノを弾くのは楽しくないのかしら？　どうしてチェロを弾く人みたいにゆったりと自由にできないのかな？」と言った。

夫は「ピアノの弦は硬く張ってあるから、ちょっと触るとすぐ響く。だから、演奏家も緊張して、次から次にキーを叩かなきゃならない。そこにいくと、チェロの弦はそんなに硬く張ってなくて、張力がそんなに大きくないから、ピアノよりずっと餘裕が有るんじゃないの」と言い、続けて「今、世界で一番すごいチェリストって誰か知ってる？」と言う。

「知らない」と答えた。私は何も知らない門外漢だ。

後になって、私も様々に眉を顰めるチェリストを見ることになり、自分はこの方面のことを全く何も知らずに、彼らの世界を勝手に理解していたことに気付いた。或いは、彼らも単に感情が入りすぎてのことなのかもしれない。

「八月にビオラ・ダ・ガンバの演奏が有るから、まずそれを聞いてみない？　青葉台駅で。」

「いいよ。」夫は私以上に私の来世の選択の為に考えてくれているようだった。

電腦刀，每天吃著要消除腦部浮腫的類固醇錠劑，精神恍惚，走路搖晃。我雖然沒有睡著，但是感覺非常地疲憊。

聽完上半場，中場休息時間，外子問我：「我們要不要先回家？」「啊？為什麼？我沒睡著耶。而且我打算休息時間要跟你說我覺得他真的演奏得相當好。」

「我知道。我覺得妳太累了。下半場只是演奏另外三首曲子，基本上和上半場不會有太大的差別，我想，我們應該要衡量妳的身體才好。妳慢慢考慮看看，中場有半個鐘頭的休息時間。」

「可是票價好貴。而且就這樣離開，我們對演奏者也會覺得很無禮。」

「妳不用考慮這些事，只要問問妳自己身體行不行。整場聽完要到九點喔。」

那天晚上，我決定先回家。回到家已經九點多。洗完澡，上床睡覺已經是十點半的事了。

這次打電腦刀以來，外子總是適時地讓我休息，說：「奧特曼，三分

八月初め、私たちはビオラ・ダ・ガンバの独奏を聴きに行った。しかし、サイバーナイフ治療を受けたばかりで、脳浮腫を抑えるステロイドを毎日飲んでいたから、ボーっとして、歩いてもふらついていた。眠ってしまうことはなかったが、非常に疲れていた。前半を聴き終わって、休憩に入ると、夫は「もう帰ろうか?」と訊いてきた。「え?どうして?　私寝てないよ。それに、休憩になったら、いい演奏だったと言おうと思ってたのよ。」

「それは分かってるよ。ただ、疲れてるでしょう。後半は残り三曲で、基本は前半とそんなに変わらないから。体調を考えて聴かないと。ちょっと考えてみて。休憩は三十分も有るから。」

「でも、高いチケットだよ。それに、途中で居なくなったら、演奏者にも失礼でしょう?」

「そんなこと心配しなくていい。自分の身体がどうかだけ考えてよ。全部聴き終わったら九時だよ。」

その晩、私は先に帰ることに決めた。家に着いたらもう九時で、シャワーを浴びてベッドに入った時には十時半になっていた。

この時のサイバーナイフ治療以降、夫はタイミングを見計らって私を休ませるように

鐘到了，該休息了！」每當外子如此提醒我，也正是我感到疲憊的時候，我也不再堅持，說「我不累」這種話。該休息的時候就休息。

我喜歡現在的自己。不勉強自己一定要做什麼，一定不要做什麼。勇敢地說出自己的想法。也謝謝善解人意的外子。

（四）

投胎以後，外子與我應該如何相認？是我們感到最棘手的問題。

「真的有孟婆湯可以喝嗎？」我問。

「我也不知道。」外子無奈地說。「那這樣。就算有孟婆湯。在喝過孟婆湯後，我們要以『好好讀書』來相認。」

我說：「好耶。老天爺總能容忍『好好讀書』對吧。」「祈求老天爺對我們寬大一點。」

剛認識外子時，他曾說過：「兄弟是天倫，夫妻以義合。」「所以我們

なった。「ウルトラマン、三分経ったよ、休む時間だよ」と言って。夫がこのように言う時は、私が正に疲れを感じたタイミングで、私ももう「疲れてない」などとは言わずに、休むようになった。休むべき時は休む。

どうしても何かをしなければとか、しないようにしなければとか、そんな風に自分に無理をさせない。勇気を持って自分の気持ちを口にする。私は、現在の自分が好きだ。私の気持ちをよく理解してくれる夫にも感謝している。

（四）

生まれ変わってから、夫と私はどうやってお互いを知ることができるのか？　これは、私たちにとっては難しい問題だった。

私「本当に『孟婆湯』◆が有るのかしら？」

「僕も分からないよ」夫はどうしようもないという風に言った。「じゃあさ、孟婆湯が有るとして、孟婆湯を飲んだ後は『ちゃんと勉強しよう』を暗号にしよう。」

私「いいね。神様も『ちゃんと勉強しよう』ぐらいは許してくれるでしょう。」「神様が

◆【訳注】孟婆湯　三途の川を渡る前に飲まされ、前世の記憶が消去されるという。

當然是做兄弟比較好。」

那麼，當要表達對對方的關心，我們想到的就是「好好讀書」。結婚之後，兩人相處模式不像夫妻，而更像兄弟一般，一起讀書、一起生活。「好好讀書」，也是這樣來的。這是我和外子在北京工作時最常講的話。

我在臺灣治療時，外子在東京教書，每天我們只能在電腦螢幕前說話。我們互道晚安的最後一句，也是「好好讀書」。「好好讀書」是我們兩人的生活暗號。一切的意義只有我們兩人才知道。

另外有一件事情我很在意，我問外子：「你說老天爺會不會因為我比爸爸媽媽早死，認為我不孝，不讓我投胎？我真的不是故意的。」畢竟，讓白髮人送黑髮人，在臺灣的社會中，是非常不孝的。

外子趕緊安慰我：「不會不會，妳別這麼想，妳們家的孩子們對爸爸媽媽非常孝順，老天爺也知道的，別擔心。」

私たちに融通を利かしてくれますように。」

夫と知り合ったばかりの頃、夫は「兄弟は天倫、夫婦は義合」「だから、私たちは兄弟でいるのが良い」と言っていた。

それで、お互いに相手を思う気持ちを伝えようとする時に、私たちは「ちゃんと勉強しよう」と言うことにした。結婚してからも、二人の関係は夫婦というよりも、兄弟のように一緒に勉強し、一緒に生活した。「ちゃんと勉強しよう」という言葉も、そこから来ている。そしてこれが、私と夫が北京で仕事をしている時に一番良く言う言葉となった。

私が台湾で治療を受けている間、夫は東京で教師をしており、毎日パソコンの画面を通して話をすることしかできなかった。「おやすみ」を言い合った後の最後の言葉も「ちゃんと勉強しよう」だった。「ちゃんと勉強しよう」が、私たち二人の生活の暗号となり、お互いの精神安定剤となった。もちろん、そのような意味が有ることは、私たち二人だけが知っていた。

もう一つ私が気にしていることが有って、夫に訊ねた。「私が父や母より先に亡くなったら、神様は私を親不孝だと言って、生まれ変わりをさせてくれなかったりしないかな？親不孝をするつもりではないんだけど。」子供が親より先に逝くのは、台湾の社会では、

大約每兩天左右，我們都會與公公或婆婆通電話或LINE，看看他們的臉色好不好，聽聽他們的聲音有沒有力氣。我的日文還不太行，所以只能跟著外子寒暄幾句。最近因為我又在打電腦刀，公公婆婆都很擔心我。前幾天，外子與公公通電話。公公問我身體怎麼樣，我跟他說好很多了，請不要擔心。公公說：「要健康喔，我還要跟妳去公園散步。」

「好的！」我們一起去散步。

因為生病，生命無法繼續下去時，下輩子，我想投胎到英國，做一個會拉大提琴的醫師。

やはり、とても親不孝なことだとされている。

夫は直ぐに私を慰めて言ってくれた。「そんなことはないよ、そんな風に考えないで。君の家の子供たちはみんなお父さんお母さんにとても孝行だって、神様も分かってるから、心配しなくていいよ。」

私たちは、二日に一度ぐらいは、夫の父母と電話かLINEで連絡して、顔色が悪くないか、声が元気かどうか確認している。私の日本語はまだまだで、夫の後ろで一言二言挨拶するしかできない。最近は私が又サイバーナイフ治療を受けているので、夫の父母もとても心配してくれている。数日前、夫は夫のお父さんと電話をしていた。お父さんが私の体調を訊いてきたので、私が随分良くなりました、心配しないでください、と答えると、お父さんは「元気になってね。一緒に公園に散歩に行きたいと思ってるから」と言った。

「はい！」一緒に散歩に行きましょう。

病気で命が続かなくなったら、来世は、英国に生まれ変わって、チェロを弾ける医師になりたいと思う。

我的小小浪漫

第一次和外子到他的老家福島，婆婆每到下午三點半到四點之間，都會拿出她珍藏的紅茶壺、紅茶杯、甜點等，同時提醒著大家：「下午茶時間到囉～～～。」茶點有時候是婆婆的茶友送的甜食，有時候是婆婆自己做的蛋糕。我在臺灣的家裏沒有喝下午茶的習慣，家中也沒有精緻的紅茶杯，一看到這些高貴的餐具，初次印象就是感到非常新奇：「很像英國人喝下午茶的情景。」我當時心裡想。一家人就在這個時間喝喝茶、吃甜點、聊聊天。日本人生活過得很愜意。

從此以後，喝下午茶幾乎成為我們東京橋本家每天午後的生活習慣。

日本的冰箱開太久、浴缸水放好了、微波爐、烤箱時間到了，都會發出「嗶嗶嗶嗶」的聲音，婆婆也會溫柔地回應他們：「好好好，我聽到囉。」

ささやかな浪漫《ろまん》

始めて夫と夫の実家の福島に行った時、夫の母は毎日午後三時半から四時ぐらいの間に、お気に入りのティーポット、ティーカップ、お菓子などを出して、家族に「午後のお茶の時間だよ～～」と呼びかけた。お菓子は、義母の友人からの頂きものだったり、義母のお手製のケーキだったりした。私は台湾の家で午後のお茶を飲むような習慣が無く、家にも素敵なティーカップなど無かったから、始めてそんな高級な食器を見て、第一印象として非常に新鮮に思えた。「まるで英国の人が午後のお茶を飲む時のようだわ」と心に思った。この時間に家族がお茶を飲み、お菓子を食べ、おしゃべりをする。日本人は良い暮らしをしているなあ。

その後、午後のお茶は、私たち二人の東京の橋本家でも、ほぼ毎日午後の生活習慣となった。

日本では、冷蔵庫をずっと開けている時、風呂のお湯張りが終わった時、電子レンジやオーブンの設定時間など、どれも「ピピピピ」と音がするのだが、そんな時義母は、優し

對餐具、植物說話，更是稀鬆平常的事情。婆婆有滿滿的可愛少女心。回到臺灣後，很興奮地告訴媽媽：「一定是個好相處的婆婆。」媽媽也很為我感到高興，因為臺灣自古以來婆媳之間相處本來就很辛苦。

媽媽雖然也有少女心，不過是隱性的。或許是因為上有婆婆、父親要服侍，下有五個小孩要照顧，還要幫父親分攤書店的工作、還要管理家中聘雇的店員與煮飯阿姨。媽媽雖然不會對無生物說話，但是有時候我們也不經意地發現她的可愛少女心。像曾向我透露她年輕的夢想是讓每個孩子都學鋼琴。聽見她一個人在廚房哼著日本兒歌，或是拿自己編織的小東西給我們看。有一陣子臺灣流行毛線繡，媽媽也會調皮地向我們展示：「怎麼樣？漂亮吧！」像毛線坐墊、小毛毯、手套、有鬚鬚的圍巾，媽媽還幫我織了一件我很喜歡的毛衣。

媽媽的笑點很低，常常因為一點點小事笑到流眼淚。愈到老愈是如此，現在八十多歲了仍然這樣。一點點小事就可以大笑好久。

婆婆生了我的外子，外子很溫柔；媽媽生了我，外子笑我笑點很低。

く「はいはい、分かったよ」と応えている。食器や植物に話しかけるのは、もっとよく有ることだ。義母は、愛すべき少女の心で一杯だ。台湾に帰ってから、興奮して母に「きっと仲良くなれるお母さんだわ」と言うと、母も大変に喜んでくれた。台湾では昔から、嫁と姑《しゅうとめ》は仲が悪いものと決まっているからだ。

私の母も少女の心を持っているのだが、それは普段は隠されている。上は父の母と父の世話が有り、下には五人の子供の面倒を見なければならず、その上父の書店の仕事を手伝い、雇っていた店員やお手伝いさんの管理もしなければならず、とても大変だったからなのかもしれない。母は無生物に話しかけたりすることは無いが、時折、意外な時に愛すべき少女の心を見せることが有る。以前、自分の若い頃は、子供たち全員にピアノを習わせるのが夢だった、と教えてくれたことが有った。キッチンで一人で日本の童謡を鼻歌で歌っていたり、自分で編んだ小さな編み物を私たちに見せてくれたり。台湾で毛糸の刺繍が流行った頃は、母はお茶目に「どう？　綺麗でしょう？」と私たちに見せてくれた。毛糸の座布団、小さな毛布、手袋、髭の附いたエプロン、母は私にセーターも編んでくれ、私はとても気に入っていた。

母は笑い上戸で、よくつまらないことで笑い出して涙まで流していた。歳をとればとる

有些朋友感覺我和外子感情看起來好像很好的樣子。我猜想可能因為我們相處像兄弟。我們結婚很晚，沒有小孩，所以我們不會因為教育小孩問題而起衝突，也不會因為將注意力放在小孩身上，而忽略了彼此心靈狀態。兩人像兄弟般相處，既然兄弟是天倫，就沒有什麼需要計較的地方。當然我們彼此也會有互相不滿的地方。對方生氣的時候，會板起臉說：「我要生氣囉。」這個時候惹怒對方的會說：「啊？為什麼？為什麼生氣？」或是：「好啦，好啦。對不起，不要生氣了。」就在這種裝傻中將不滿蒙混過去。

「浪漫」不光是認真地面對人，也是認真面對著生活的態度，愜意地過著生活。

我是一個外表看起來非常無趣、不愛說話、個性木訥、少與人交往、只想活在自己世界裏的人。說話不幽默，分辨不出玩笑話或真話。自從我到了日本，我原本的工作沒了，外子怕我無聊，好幾次勸我出去交朋友。

ほど笑い易くなっていて、八十幾つの現在でもそんな感じだ。ちょっとしたことで、長いこと大笑いしている。

義母が夫を生み、夫は温厚になった。母が私を生み、夫は私を笑い易いと笑う。

友人たちは、私と夫の間の感情がとても良いと言う。思うに、それは私たちが兄弟のような関係でいるからだ。私たちは結婚が遅く、子供が居ないから、子供の教育の問題で衝突することが無いし、子供に関心を向けるあまり、お互いの精神状態を軽視してしまったりすることもない。兄弟のように暮らしていて、兄弟は天倫なのだから、お互い何も気にする事は無い。お互いに不満を持つことは、勿論有る。一人が腹を立てて、表情をこわばらせて「怒るよ」と言うと、怒らせたもう一人は「え？　どうして？　何で怒るの？」とか、「わかったわかった、ご免、怒らないで」とか、とぼけながら不満を誤魔化してしまう。「浪漫」というのは、真剣に相手に向き合うというだけではなく、真剣に生活に向き合い、気持ちよく過ごすという態度のことでもあると思う。

外から見ると私は、とてもつまらない、口数少なく、内向的で、あまり人付き合いもせず、自分の世界だけで生きていたいと思っているような人間だ。面白い話もできず、冗談と本当の事との区別もつかない。日本に来てから、それまでの仕事も無くなったので、夫

我想跟他說我們家女生都是這樣，不會跟鄰居串門子，聊天。幾乎每天和家人傳簡訊、LINE的時候，就非常快樂了。姊妹們說的話非常有趣，四姊妹當中，又屬我最無聊，常常造成冷場。我經常也想著我的個性，是不是有一點點像媽媽？

妹妹說日本的咖啡店好多、好有特色，如果是她，一定每天坐坐咖啡廳，每天都很開心。勸我索性一個人在家的時候，去公園散步，累了剛好可以去附近咖啡廳休息。

我一個人時，寧可餓肚子，怕自己感到尷尬，不敢一個人在外面吃飯，更何況悠閒地喝咖啡。但是我現在好想這麼做，我這輩子沒有做過這樣的事情。

有天，外子對我說：「在我七十一歲時，妳要記得來接我。」

我問：「為什麼？」

外子說：「我猜我大概無病無痛可以活到那個時候。」

は私が暇でつまらないだろうと、外に出て友達を作ってみるよう勧めてくれたことも何度か有った。夫に言いたかったのだが、私の家の女性はみんなこんな風で、ご近所とお互いに訪問し合ったり、おしゃべりしたりできない。殆ど毎日、家族とメッセージやLINEでやりとりしているだけで、十分楽しい。姉や妹の話はとても面白く、四人姉妹の中では、私が一番つまらなくて、よく会話を白けさせている。私の性格は、ちょっと母に似ているのではないか、とよく思う。

妹は、日本は喫茶店が非常に多く、それぞれ特徴が有るから、自分だったら毎日喫茶店に行って、毎日楽しく暮らせる、と言う。妹は、私が一人で家に居る時は、公園に散歩に行って、疲れたら近くの喫茶店で休めばいいじゃない、と勧めてくれた。

私が一人の時は、気まずい状況が怖いので、一人で外で食事をする気になれない。それくらいなら、お腹を空かせたままで我慢する。だから、のんびりとコーヒーを楽しむなんてとても無理。でも、今は、そんなこともしてみたいと思う。これまで生きて来て、そんなことはしたことが無かったから。

ある日、夫は私に言った。「僕が七十一歳になったら、忘れずに迎えに来てね。」

我急忙說：「不會不會，別這麼說，我覺得你可以活更久。」

外子說：「我們不是說好了。七十歲應該是我們能夠生活自理的極限。」

我說：「你不會覺得很可惜嗎？七十歲你可以開始享福了。」

外子說：「不會。妳看，我想出版的書都出了。世界上有這麼好的事嗎？」

我說：「是沒錯。你還可以再繼續出喔！不過託你的福，連我都可以出自己想出的書。幫自己將兩本《論語》、《孝經》都翻成中文吧。應該很多人想看。你有這麼多的發現。」外子笑笑。

他說：「你為了讓自己接受生病的事實，想出『投胎』的方法。我為了彌補你不在我身邊的空虛，想出了你會來接我的方法。是不是很棒？謝謝妳答應我。」

我說：「別這麼說，我會來接你。可是你要答應我，在你活著的每一天，你都要快快樂樂過日子，多交朋友，與學生保持聯絡。然後，我們一起去海德公園散步喔。」

私「どうして？」

夫「僕が病気も痛みも無くて生きられるのは、大体そのくらいまでだと思うから。」

私は急いで「やだやだ、そんなこと言わないで。あなたはもっと長くまで大丈夫よ。」

夫「二人で話したでしょう。自分で自分の面倒を見られるのは大体七十歳までだって。」

私「残念だと思わないの？　七十歳から楽して暮らせるんじゃないの？」

夫「残念なんて思わない。だって、出したいと思った本は全部出せたんだから、世の中にこんなに恵まれた話は無いでしょう？」

私「それはそうだけど、まだ続けて出せるでしょう。まあ、あなたのおかげで、私も自分で出したい本を出せた訳だけど。『論語』『孝経』の二冊の本は、自分で中国語に翻訳してよ。読みたいと思う人は沢山居るわ。あんなに色々発見があったんだから。」夫は笑っていた。

夫「君が自分の病気の事実を受け容れる為に『生まれ変わり』の方法を思いついたのだとすれば、僕は君が傍に居なくなる寂しさを埋め合わせる為に、君が迎えに来てくれるという方法を思いついた。どう？　すごいでしょう？　約束してくれてありがとう。」

私「どういたしまして。迎えに来てあげるから安心して。でも、これだけは約束し

「好！」

這是我小小的浪漫。

て。生きている間は、毎日楽しく暮らして、ちゃんと友達付き合いして、学生たちとも連絡取り合うのよ。その後は、二人で一緒にハイド・パークに散歩に行きましょう。」

「分かった！」

これが、私のささやかな浪漫です。

著者・譯者・畫家紹介

葉　純芳（Yeh Chun Fang）
1969年生於臺灣臺北市。臺灣東吳大學中國文學系博士班畢業。著有『孫詒讓「名原」研究』『孫詒讓「周禮」學研究』（花木蘭文化出版社）、『中國經學史大綱』（北京大學出版社）、『學術史讀書記』『文獻學讀書記』（合著。北京三聯書局）、『朱門禮書考　附鄭注禮記補疏曲禮檀弓』（すずさわ書店）等。

橋本秀美（Hashimoto Hidemi）
1966年福島県生まれ。北京大学中文系古典文献学専攻博士。著書は『義疏學衰亡史論』『北京讀經說記』（萬卷樓出版）、『学術史読書記』『文献学読書記』（共著・三聯書店）、『朱門禮書考　附鄭注禮記補疏曲禮檀弓』（共著・すずさわ書店）。編書は『影印越刊八行本礼記正義』（北京大学出版社）、訳書は『正史宋元版之研究』（中華書局）など。

木口純孝（Kiguchi Sumitaka）
1967年福島生まれ。多摩美術大学大学院絵画科修了。福島県立安積高等学校教諭

下輩子，投胎到英國／来世は英国で（中日對照插圖本）

発　行　2024年11月16日
著　者　葉　純芳
譯　者　橋本秀美
描　畫　木口純孝

発行者　青木大兄
発行所　株式会社すずさわ書店　埼玉県川越市東田町15-5
TEL：049-293-6031　FAX：049-247-3012
組　版　田中芳秀
装　幀　田中芳秀
印刷・製本　株式会社双文社印刷
用　紙　柏原紙商事株式会社

ISBN 978-4-7954-0379-6　C1098